王安忆改编张爱玲

| 金锁记　色，戒 |

王安忆

人民文学出版社

本书由张爱玲著作权所有人宋以朗先生和其独家版权代理皇冠文化集团授权，本简体字版仅限于中国大陆地区销售。

图书在版编目(CIP)数据

王安忆改编张爱玲:金锁记　色,戒/王安忆改编.—北京:人民文学出版社,2021
ISBN 978-7-02-015206-3

Ⅰ.①王…　Ⅱ.①王…　Ⅲ.①话剧剧本-作品集-中国-当代　Ⅳ.①I234

中国版本图书馆 CIP 数据核字(2021)第 198733 号

责任编辑　卜艳冰　杜玉花　邰莉莉
装帧设计　汪佳诗
内文绘画　陆　梅

出版发行　人民文学出版社
社　　址　北京市朝内大街 166 号
邮政编码　100705

印　　制　凸版艺彩(东莞)印刷有限公司
经　　销　全国新华书店等

字　　数　100 千字
开　　本　787 毫米×1092 毫米　1/32
印　　张　5.125
版　　次　2021 年 12 月北京第 1 版
印　　次　2021 年 12 月第 1 次印刷

书　　号　978-7-02-015206-3
定　　价　59.80 元

如有印装质量问题,请与本社图书销售中心调换。电话:010-65233595

戏 说

王安忆

改编《金锁记》是十五年前的事了,黄蜀芹执导的上海话剧艺术中心普通话版因人员分散,版权到期封箱,许鞍华导演的香港焦媛剧团粤语版则向台北皇冠平先生续约,时至今日已超百场,并且越演越盛,档期方出,票即售罄。其间,再得《色,戒》的委约,但因小说改编权属限制,搁置有近十年光景,二〇一九年方才面世。此前的二〇一八年,许鞍华导演让我替她操刀《沉香屑·第一炉香》电影剧本,事由也出自第一次合作。后来知道,当年许导从若干剧本中挑选我的这个,算得上知遇之恩,没什么可商量的,欣然接下来。所以,《金锁记》是改编张爱玲的开端,这开端全是自主的决定,先后写了三稿,屡败屡战。除戏剧创作本身的吸引,大约还有张爱玲的原因,仿佛隔了一个世代,向前辈同行叫板。

回顾和总结,后两次经验和头一回不同,从材料上说,《金锁记》是满,甚至于有溢出,不得不做减法,将一整条长白的线索统统拉掉,但鉴于曹七巧有两个儿女,时不时要叨叨,就借旁人的口,说一声出去做生意了。有点像"文革"样板戏《沙家浜》,"阿庆跑单帮"的交代,否则,何以会有"阿庆嫂"呢?这就领教了舞台的厉害,时间和空间都不够分配的,免不了顾此失彼,删繁就简。事实上,也许更为本质的,还有美学的成见。曹七巧引长白卖弄房事真够阴毒的,有违伦常,既不是希腊悲剧,也不是文艺复兴狂欢,或者《雷雨》的"五四"式,大约就是后启蒙时代的窘困了。按江湖上行规,出来混总是要还的。这门功课,此一时绕过去,彼一时,或就面对面,走个正着。一旦入彀张爱玲,或者不要,或者照单全收,没得挑!

选《金锁记》练手编剧,潜意识里,大约正是它的满溢,人和事富足,方便排阵。《色,戒》和《沉香屑·第一炉香》,情形倒转过来,四处都是不够。《色,戒》的情节,几乎在暗示中进行,就像张爱玲自作插图的简笔画,又仿佛响应海明威的"冰山"理论,大半在水下,只露出个尖。小说阅读尚可揣摩推测,舞台上每分钟都不可虚度。制作人高志森与我谈计划,是以沪上旧址,"宰牛场1933"顶层圆形剧场为环境设想。那地方我去过,观众席环绕舞台,来自顶灯和脚灯的光源,形成一个封闭圈。倒也好,迫使得放弃具体细节，走写意路线。间谍剧显然不是张爱玲的菜，让我想起阿加莎·克里斯蒂的几部特工小说，《桑苏西来客》《犯罪团伙》《暗藏杀机》什么的，虽是国土安全案件，但破解依然凭借日常生活的逻辑。女作家写政治社会，颇有治大国如烹小鲜的意思。事实上，《色，戒》不出张爱玲世情的路数，到头总归是男女关系，以此破题似可窥见真相。然而，谜底揭出来，谜面是什么？还是那句话，观众眼皮子底下，分分钟混不过去。必须要找补些填充。到哪里找补，找补什么？小说里的料，本身就局促得很，稍纵手脚，就越过线，找到界外去了。

这时候，你会发现，"张看"的自给自足，用她自己的小说名，真是"小团圆"。倘要携带私货，就会漏罅隙，对不上缝。只能用"张腔"补"张腔"。于是，《倾城之恋》纳进来，《封锁》也进来，《更衣记》《我看苏青》《谈女人》络络绎绎来了。当杀手逼近，王佳芝向易先生念美国剧作家奥涅金《大神勃朗》里地母的台词，出自中文系女生的浪漫示警，告知死亡来临。再讲啦，若不是有地母的博爱笼罩万物，何以解脱背叛和附逆？张爱玲写她读《大神勃朗》到这里，每每"心酸泪落"，有点不像她呢！她向来认得清形势，见怪不怪。想一想，其实是小孩子说大人话，内里到底有许多看不透，所以才会有范柳原和白流苏夜里通电话，吟诵"死生契阔执子之手"的一幕。《诗经》于这对精乖的都会男女不免太过质朴,只能听作张爱玲的心声。勿论时代前进到哪一步,艺术的心总是古典的。在现世的苏青看来,即是"简直不知道你在说些什么!大概是艺术吧?"。

《沉香屑·第一炉香》也是需要补的,但不像《色,戒》里,中国画式的留白地方,而是逻辑链上的缺环。姑妈家,这个从上海市廛移植到香港半山的长三堂子,里面的色相交易依着怎样的原则进行?又依怎样的需求关系结构生活常态?电影比舞台更写真,什么都放大和细化,观众的眼睛又是雪亮的。许导带我在香港澳门行走,南亚溽热的气候,物种迅速地由盛到衰,换代的周期特别短,物是人非。上环有一面墙,开山凿路切下的横断面,嵌着密密的树的根茎,化石一般。《倾城之恋》也有一堵墙,在浅水湾的夜晚里,灰砖砌成,考古层的新土层,衬托着白流苏的红唇,范柳原想着"地老天荒那一类的话",还是张爱玲的心声,假人物的口说出来,那浮浪子不定能为她代言,可是,留过洋的人总归像一点,也就是"三底门答尔"(sentimental)一点。但凡要来点"三底门答尔",张爱玲都让海归出面,童世舫"怀念着的古中国";米先生"对于这世界他的爱不是爱而是疼惜";佟振保的巴黎烟花夜,"街灯已经亮了,可是太阳还在头上,一点一点往下掉",除了他们有谁?"张看"里都是平庸的市民,她又不愿向"五四"新文学认输。

补《第一炉香》的坑——这话不是我说,是许导原话,她说有一些坑,需要去填平,用什么填料呢?具体的人和事划定了地盘,很难越出藩篱,走《色,戒》的老路。四下里搜罗,只能调动内部资源,自我救济。伦理和美学再次发起挑战,不能像《金锁记》采回避的策略,《色,戒》的地母信仰也不适用,因没有牺牲,用什么升级卑琐的人生呢?里头尽是坏人,我对许导抱怨。是的,可是,她与我商量,能不能让我谈一次恋爱呢!《半生缘》不已经谈过一回了?可是,很不满足!我理解是太过正直,亦就平常了。《倾城之恋》呢?趋利心理逼出来的真情,还不够吗?多少的,由运势作用,顺水推舟,《第一炉香》则是逆流而上,涵量更大。那么,就积蓄涵量吧!爱情天然具有原动力,所以,就要赋予反常的性质,才能燃爆它。这倒可以试一试,实验的兴趣上来了,烧杯里有足够的试剂,说不定,真会有不期然的效果。

濮存昕曾受邀许导友情饰演乔诚博士,为此来电话咨询人物。如他小濮这样,到老都是好孩子,穷尽想象也想不明白这是如何进化成的物种,他愁虑地问,是不是基因的问题?我们讨论了很久,最终也没有结果，反有可能带坏他。后来听说他婉拒了角色，不由得松一口气，放下心来。

我和许导都是正常得不能再正常的人，在两种道统里成长。我和小濮属一种，大概可称之"共和国派"，许导呢，更接近张爱玲的"民国女子"。比如，她们在同一所大学就读，算得上前后辈校友。当年的教授楼尚有保存，《沉香屑·第二炉香》里，英国先生罗杰安白登就是从门洞出来，开车驶下斜坡，兴兴头开始新郎官的一日。半山的豪宅，有许导的少年朋友，此时大多闭了门，人去楼空。山底的海湾，填地造楼，成水泥森林。可是，头顶上的烈阳，总是照耀她们的同一个。凤凰木、野杜鹃、芭蕉、栀子、玉兰按着同一个季候怒放——许导说，要在五月天的繁荣花事里开机，用张爱玲的话："那灼灼的红色，一路摧枯拉朽烧下山坡子去了"，就有一股子不规矩，危险的诱惑。女人总是好奇心重，向往超现实的存在，将不可能变为可能。

我们依然无法消弭与张爱玲的隔膜。时间是个问题，也不全是。宗璞先生说《红楼梦》不会再有人比高鹗续得好，因为和曹雪芹的时代最近。前八十回在著者生前十年传抄，算它一七五三年成文，高鹗的后四十回则在一七九二年排印行世，之间相距近四十年。我们离张爱玲年头也差不多，甚至更短，但鼎革之变，一世斩人类分作新旧。于是,差异就不单在量,更在质,归根结底,还是"看"和"看"不同,谁有"张看"的眼睛?只能收拾她纸上的文字,筛眼滤下来的杂东西,拼拼凑凑,织出个谜面,谜底却不是原来那一个。改编张爱玲,动辄得咎。

2020年6月25日　上海

目录

001
金锁记

097
色,戒

金锁记

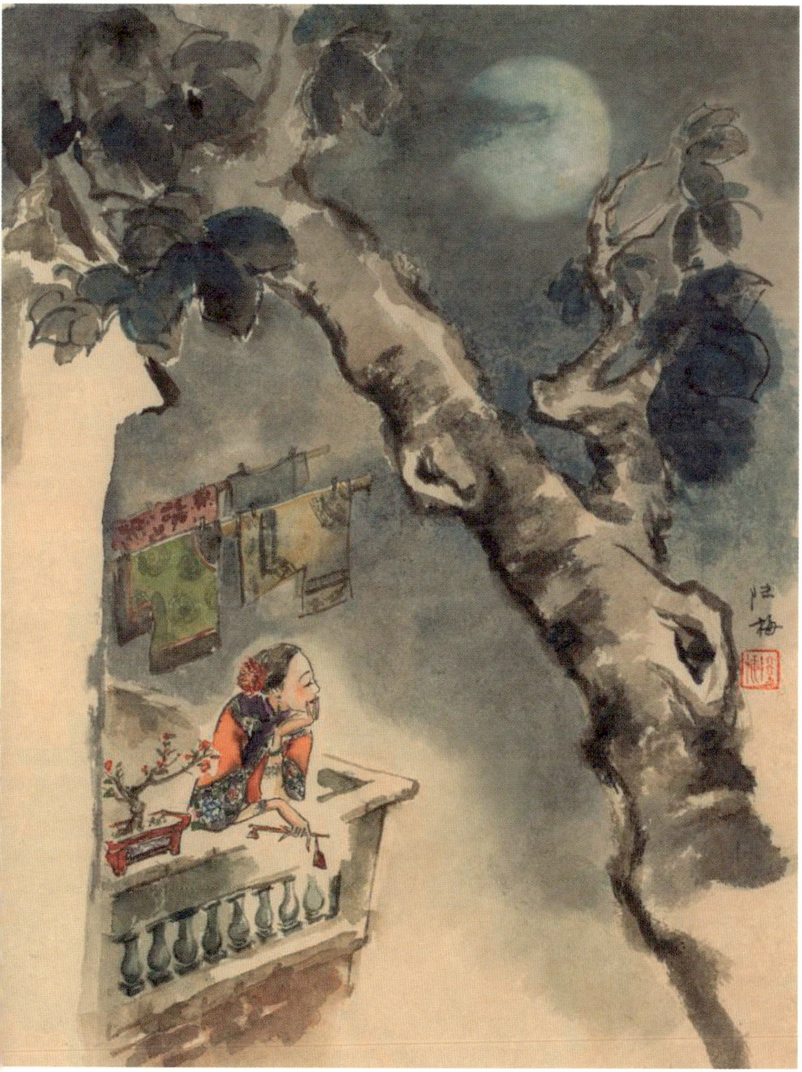

序幕

一九〇七年。

台口，一具阳台，丫头小双出来，挂一对大红灯笼，上写两个字："姜府"。

【幕启。喜庆的吹打乐声起来，马师爷的声音："下轿！"随后，男女仆人上，再有两个丫鬟上，接着，伴娘上，后面是新郎装扮的姜季泽背了新娘曹七巧上。姜季泽气昂昂地将新娘在背上颠了几下，又左右摇动身体，卖弄着健康和力气。背上的人不由得揭起红盖头看了看身下的人，似乎是满意地又放下了盖头，本来搭在他肩膀上的手此时抱紧了他的颈脖。迎亲的队伍和新人转向后方，是新人的洞房，一张花团锦簇、垂幔掩帐的大床。姜季泽走至床沿，转过身，要将背上的人放下，放了几回放不下，那人就是不肯松手，最后竟将身下人拉倒，坐在她身上，几个丫鬟赶紧拉他起来。闹房的人上，看了会儿新娘，又下，喜庆的乐声渐止，转眼间，只余新娘一人，独自坐在床沿。收光。静了一会儿，新娘揭开盖头，四下看看，忽地扯下来，四下再看，不解而又害怕地叫道——

曹七巧：人——呢？

第一幕

第一场

次年。

台口有一具砖砌水泥浮雕花边阳台,阳台周边堆晒着花团锦簇的衣服,有皮毛绸缎的,看得出是年轻媳妇的箱底。丫头小双倚着阳台,无聊地嗑着瓜子,向下看。显然没有人从附近经过。台里面是房间,曹七巧依然如新娘般穿了一身红,但从头上系的防风的围巾,可见出是刚娩下孩子,在坐月子,看上去,又有点像尼姑。她半闭眼睛,嘴里喃喃念着,手上敲着木鱼,敲得响亮,节奏渐渐快起来,变得激烈,似乎包着一团火气。

曹七巧:人——呢?

【丫鬟小双上转身进屋。

小　双:二爷刚喝了药,睡下了。

曹七巧:(依然敲着木鱼,眼睛半闭)二爷能算人吗?我是说,人——呢?

小　双:老太太领着合家上下往普陀山进香去了。

曹七巧：合家上下？难道我们不是家里头的人？

小　双：不是二奶奶坐月子，老太太才不叫去的？人都走了三天了，二奶奶不记得了吗？

曹七巧：有这么和主子说话的吗？（叹息一声）连你都嫌我记性差了！不是我记性差，是这日子过的，就像，像什么？像没过的一样。这么说，人都走了有三天了？

小　双：是的。

曹七巧：我守着那个活死人，又过了三天了？

小　双：（不敢说"是"，低头不语。）

曹七巧：是不是？

小　双：是的。

曹七巧：说：二奶奶守着活死人，又过了三天！

小　双：（恳求地）二奶奶！

曹七巧：二奶奶守着活死人，又过了三天！

小　双：二奶奶！

【正纠缠不下，传来敲门声，小双得以脱身——

小　双：二奶奶，有人来，会不会是梳头的女人，我去看看。（往阳台跑去，往下张望）

曹七巧：小蹄子！

【继续念佛,敲木鱼,节奏略舒缓些了。小双又转身回来,鬼鬼祟祟走到七巧跟前。

小　双:(机密地)奶奶,舅爷来了。

曹七巧:(骂道)舅爷来了,又不是背人的事,你嗓子眼里长了疔是怎么着?蚊子哼哼似的!大声说:舅爷来了!

小　双:(略大声)舅爷来了。

曹七巧:舅爷来了!

小　双:(多少恶作剧地,放大声)舅爷来了!

曹七巧:(被惊一跳,喝止住)嚷什么?(放缓了语调)舅爷一个人来的?

小　双:还有舅奶奶,拎着四只提篮盒。

曹七巧:倒是破费了他们。

小　双:是的。

曹七巧:(骂道)你别给我装样,当面"舅爷舅奶奶"的,背地里不知叫什么乌龟王八蛋呢!你当我听不见?每回来不都让你们说嘴?什么"装得满满的进来,一样装得满满的出去",又是什么"别说金的银的圆的扁的,就连零头鞋面儿裤腰都是好的",你敢说你没说过?

小　双:她们说没说我不知道,反正我从没说过。

曹七巧：你是好人。这也怪不得你们,上头的人不说,下头的人,借个胆子都不敢说。(冷笑)皇帝还有草鞋亲呢!这会子有这么势利的,当初何必三媒六聘地把我抬过来?快刀斩不断的亲戚,到时候那老的死了,他也不能不到灵前磕三个头?

小　双：(不敢听下去了)我去领舅爷舅奶奶进来。(下)

曹七巧：(继续说自己的)他到你老太太灵前磕三个头,你也不能不受他的!

【舅爷舅奶奶上,拎着提篮盒,曹七巧不由迎上前去,又止住脚步,回坐到木鱼前,重重敲起来。舅奶奶抢步上前,两只手捧住她一只手。

舅奶奶：姑娘,姑娘!

【曹七巧不说话,只是敲木鱼,任凭嫂子捧着那一只手,并不理睬。

舅奶奶：(回头对曹大年,即舅爷)你也说句话呀!成日价念叨着,见了妹妹的面,又像锯了嘴的葫芦似的!

曹七巧：(一径敲着木鱼)也不怪他没有话,他哪儿有脸来见我!(将手里木槌一扔,转身向曹大年)你害得我好苦!为了几两银子,把自己的亲妹子卖到火坑里。

曹大年：这是什么话?旁人这么说还罢了,你也这么说!你不替我

7

遮盖遮盖，你自己脸上也不见得光鲜。

曹七巧：我不说，我可禁不住人家不说。你拿着我那聘礼做了生意，我却是熬出一身病在这里，我倒还要替你遮盖遮盖！

舅奶奶：是他的不是，是他的不是！姑娘受了委屈了。姑娘受的委屈也不止这一句话，好歹忍着罢，总有个出头之日。

【曹七巧受了触动，哀哀哭起来。

舅奶奶：（着急地直摇手）姑娘赶紧别哭，看吵醒了姑爷。

【房那边暗昏昏的紫楠大床上，寂寂地垂着珠罗纱帐子，三个人都不由往那里望去，有一些森然。

舅奶奶：姑爷睡着了吧？惊动了他，该生气了。

曹七巧：生气？（高声叫道）他要有点人气，倒好了！

舅奶奶：（赶紧掩住她的嘴）姑奶奶别！病人听见了，心里不好受！

曹七巧：他心里不好受，我心里好受吗？

舅奶奶：姑爷还是那软骨症？

曹七巧：就这一件还不够受了，还经得起添什么？这儿一家子都忌讳"痨病"这两个字，其实还不就是骨痨！

舅奶奶：整天躺着？有时候也坐起来一会儿吗？

曹七巧：坐起来，脊梁骨直溜下去，看上去还没有三岁的孩子高。

成亲的那日，都是他兄弟代他拜的堂，有本事叫他兄弟代他结婚啊！（忽然有所触动，猛地跺脚）走罢，走罢，你们！你们来一趟，就害我把前因后果重新在心里过一过。我经不起这么折腾！你快给我走！

曹大年：妹妹你听我一句话，别说你现在心里不舒坦，有个娘家走动着，多少好些，就是你有了出头之日了，姜家是个大族，长辈动不动就拿大帽子压人，平辈小辈一个个如狼似虎的，哪一个是好惹的？替你打算，也得要个帮手。将来你用得着你哥哥你侄儿的时候多着呢。

曹七巧：我靠你帮忙？我也倒了霉了！我早把你看得透里透——斗得过他们，你到我面前来邀功要钱；斗不过他们，你往那边一倒，顺势投靠他们去了。见了钱魂都没有了，头一缩，死活随我去。

曹大年：（涨红了脸，冷笑）等钱到了你手里，你再防着你哥哥分你的，也还不迟。

曹七巧：你既然知道钱还没到我手里，你来缠我做什么？

曹大年：远迢迢赶来看你，倒是我们居心不良了！走！我们这就走！凭良心说，我用你两个钱，也是该的。爹妈死得早，我养大你，得你的聘礼，天经地义。

曹七巧：(抢白道)你养大我？我吃我爹妈的，是爹妈留下的麻油铺子养大我。

曹大年：爹妈留下的麻油铺子？谁经营的？

曹七巧：我看过铺子，提过升子，刷过油坛子——

曹大年：(冷笑)当初我要是贪图彩礼，问姜家多要几百两银子，把你卖给他们做姨太太，也就卖了。

曹七巧：(也冷笑)奶奶可胜过姨奶奶了，放长线，钓大鱼，指望大着呢！(号啕起来)我的亲爹亲妈呀，你们在哪里呢？晓得女儿受怎样的苦吗？

【曹大年要再争，被媳妇拦住了。

舅奶奶：你就少说一句吧！以后还有见面的日子呢。将来姑奶奶想到你的时候，才知道她就只这一个亲哥哥！

曹七巧：(呜咽着)我稀罕你？等我有了钱了，我不愁你不来，只愁打发你不开！

舅奶奶：(拥住曹七巧)姑娘想哭就哭个够，也只能在咱们自家人跟前才可放纵，真不知道是憋成什么样了。

曹七巧：(呜咽着)怎么不憋气？一家子都往我头上踩，我要是好欺负的，早给作践死了，饶是这么着，还气得我七病八痛的！

舅奶奶：姑娘近来还抽烟不抽？倒是鸦片烟，平肝导气，比什么药都强。姑娘自己千万保重，我们又不在跟前，谁是个知疼着热的人？

曹七巧：（平静下来，起身打开箱子，取出一件件的东西）你们来得是时候，一家子上普陀山进香去了，要不，大眼小眼，盯贼似的盯着。这些东西，都是我平常时攒着的，等方便了好给你们。金挖耳侄女们一人一个，侄子们是金锞子，这一只珐琅金蝉打簧表，是专给哥哥藏着的。你们也好走了，我也给你们闹得乏了。

舅奶奶：（低头抹泪）咱们就不叨扰了，等方便了再来看姑奶奶。

曹七巧：不来也罢了，我应酬不起。

【转身收拾箱子，房间深处楠木大床的帐子似乎动了动，曹七巧抬起头。

曹七巧：死人，醒了？

【帐幔又不动了。

曹七巧：死人！

【帐幔忽又一动，曹七巧疾步过去，忽地撩起帐幔，不由一惊，床跟前站着姜季泽。

曹七巧：是你！

【姜季泽走出来，曹七巧不由后退去。

曹七巧：你不是跟老太太上普陀山去了？

姜季泽：（脸上笑着，却可见出内心的紧张）老太太让我回来拿样东西。

曹七巧：（怀疑地）什么东西这么要紧，值得专门跑一趟来拿？

姜季泽：（心虚地笑着）也不是多么要紧的东西，不过是老太太急着用，你知道老太太的脾气。

曹七巧：（点头）这件东西还很贵重，要她宝贝老儿子亲自来拿，可不是——

姜季泽：（轮到他后退了）并不是什么贵重东西，老太太不是向来怪我懒吗？我就讨她老人家欢喜，勤快一回。

曹七巧：（向他逼近）你就知道讨老太太欢喜。

姜季泽：老太太嘛，老太太欢喜了，全家就都欢喜了。

曹七巧：要娶了媳妇，也知道讨媳妇欢喜了。

姜季泽：我可不想娶媳妇。

曹七巧：为什么不想？是叫棋盘街的长三堂子绊住了吧？

姜季泽：（正色地）我是从来不去那种地方的。

曹七巧：你是好孩子（走近他，挨着他了），你真是好孩子，你背我的时候，我就知道你是多好的孩子！

【姜季泽全身紧张起来,不敢动。

曹七巧:(摸着他的肩膀,沉醉地)这肩膀多么结实,多么有力气,就想在这上面多待一会儿,我可是一直想着呢!你是不会想着我的。

姜季泽:二嫂,二嫂。

曹七巧:别叫我二嫂,叫"七巧",我的娘家名字。(手继续在他身上摸着)

姜季泽:(告饶地)二嫂,我要走了,老太太等着呢!

曹七巧:急什么呢?陪我一会儿,我可闷死了,我的憋闷你们知道吗?你,知道吗?

姜季泽:(身体不安起来,躲着她的手)真要走了,老太太要问了——

曹七巧:问什么?不是领老太太旨来的吗?

姜季泽:老太太急等着用呢!

曹七巧:什么东西这么急?

【姜季泽躲着她的手,冷不防,她的手从他的怀里掏出一个香炉,两人都一怔。

曹七巧:(端详着香炉)这不是咱们家的宝贝吗?宣德炉,宣德错金银螭纹夔身熏香炉。这可是老太太吹嘘的那个物件?宣德年间皇上亲自监制，风磨铜制成三千七百六十五件，这一件怎么就落到你们姓姜的手里了？哦，你家老老老老老老太爷受皇上恩赐的。说也奇怪了，照理说，你们是有德行的人家，可是怎么就遭天报，生了你二哥这么个瘫子——

姜季泽：（欲夺回）不是，不是——

曹七巧：（躲过他的手）不是什么？

姜季泽：不是香炉——

曹七巧：不是香炉是什么？（又抽出手来端详）让我开开眼，皇上恩赐的东西。

姜季泽：不是老祖宗的宣德炉！（再去夺）

曹七巧：我看像！（再躲开）

姜季泽：你懂什么！

曹七巧：我懂得很！

姜季泽：（倒歇下手来，追究的架势）你懂？你倒是说给我听听，从哪里看出是宣德炉？

曹七巧：从哪里？（看着他，忽而温柔下来，抬手擦他额上的汗）从你急得这一头汗！急什么呢？

【姜季泽趁她不防，猝然去夺，不料曹七巧早有防备，藏于身后，两人扭在一起，纠缠了一阵。无意中，曹七巧被触到了痒处，不由笑了出声，人也软了。这似乎启发了姜季泽，他又照样来了一下，曹七巧笑得弯下腰，可手上依然不松。这样就变得有点像玩笑。

曹七巧：我的小爷，你可真有个好身子。

姜季泽：我是怕伤着你，没敢下力气，你当我真夺不过你？

曹七巧：（忽然在姜季泽跟前跪下了，抱住他的腰）你下力气，下力气呀！

姜季泽：（惊慌了）二嫂，二哥床上躺着呢！二嫂！

曹七巧：（横下一条心，抱住他不放）叫七巧，叫七巧就给你。

姜季泽：（无奈地）七巧。

曹七巧：（几乎是狂喜地）哥哥！

【外面传进小贩的叫卖声。

第二场

又有几年过去，到了一九一二年。

台口阳台上，小双捧出一包衣服，将其中一件使劲一抖，金丝银缕地展开，铺张耀眼，小双晾晒毕，方转身。忽有人从底下喊——

行　人：请问楼上小大姐，豆市街往哪边转？

小　双：往前，看见有王家码头路，走进去就到了。

行　人：谢谢小大姐！

小　双：这位哥哥哪里来的？

行　人：北五帮行栈的人！

小　双：运大豆来了？收成好？

行　人：打仗呢！

小　双：路上顺当？

行　人：海盗抢！

小　双：哥哥命大呢！

行　人：托小大姐的福！

【老太太卧室外边的起坐间里，大奶奶玳珍和新娶进门的三奶奶兰仙，坐着等老太太起床，边喝着茶。兰仙虽然是新人，但穿着并不十分鲜亮。

大奶奶：三妹妹是新人，怎么穿得这样素净？

三奶奶：（细声细气地）打仗嘛，也顾不上什么了。

大奶奶：（叹息一声）我晓得三妹妹心里委屈，办喜事，偏赶着革命党造反，就说减省些吧，总得有个谱子，可这也有些太看不上眼了。三妹妹自然不好说什么，只是我们看了，也要替三妹妹生气。

三奶奶：（低着头）没什么。

大奶奶：这也实在没法子，兵荒马乱的，乡下的租子收不上来，北边的房子据说也烧了几处。

三奶奶：我真没什么。

大奶奶：这一家外头看是看不出来，身在里面才知道，大不同了。

三奶奶：（有意岔开话题，抬头问）二嫂也还没来呢！

大奶奶：（笑）她还有一会儿耽搁呢。

三奶奶：打发二哥吃药？

大奶奶：吃药还在其次，（拇指抵着嘴唇，中间的三个指头握成拳头，小指头翘着，轻轻地）嘘——嘘——

三奶奶：（诧异地）两人都抽这个？

大奶奶：你二哥是过了明路的，她这可是瞒着老太太的，叫我们夹在中间为难，处处还得替她遮盖遮盖。其实老太太有什么不知道？有意地装着不晓得，照常地派她差使，零零碎碎给她罪受，无非是不肯让她抽个痛快罢了。其实也是的，年纪轻轻的妇道人家，有什么了不得的心事，要抽这个解闷儿？

丫头某：二奶奶来了。

【曹七巧上场，一手撑着门，一手撑了腰，身上穿着一身红，看上去，就像她的喜期。

曹七巧：（四下里一看，笑）人都齐了。今儿想必我又晚了！怎怪我不迟到——伺候我们那位起来呀。扶起来，滑下去，扶起来，滑下去，多少个回合。

三奶奶：（多少是不知厉害地）二哥的身子骨软成这样！

曹七巧：（瞟三奶奶一眼，笑）三妹妹想知道你二哥的身子骨啊？挨着他坐坐就知道了！

大奶奶：（正色地）玩是玩，笑是笑，也得有个分寸，三妹妹新来乍到的，你让她想着咱们是什么样的人家？

曹七巧：知道你们都是清门净户的小姐，你倒是跟我换一换试试，只怕你一晚上也过不惯。

大奶奶：（啐一口）不跟你说了，越说你越上头上脸的。

曹七巧：（上前拉住大奶奶的袖子）我可以赌得咒——这三年里头我可以赌得咒！你敢赌吗？

大奶奶：（撑不住扑哧一笑）怎么你孩子也有了两个？

曹七巧：真的，连我也不知道这孩子是怎么生出来的！越想越不明白。

大奶奶：（摇着手）够了，够了，少说两句吧。就算你拿三妹妹当自己人，没什么避讳，老太太还在里面躺着呢，要听着了，管教你吃不了兜着走！（说罢进老太太房内）

曹七巧：（有些没趣，伏到三奶奶的椅背上）真是好头发，我原先头发也是密得穿也穿不透，如今熬薄了，快盖不住头皮了。

三奶奶：我看二嫂的鬏沉甸甸的。

曹七巧：那是你没见过先前。

大奶奶：（从老太太门里探出头）老太太起来了！

【三奶奶和曹七巧连忙扯扯衣襟，摸摸鬓角，打帘子进隔壁房去。姜季泽一路打着哈欠上，正迎着大奶奶从老太太房里出来。

姜季泽：大嫂，早。

大奶奶：还早，什么时辰了？（甩手下）

姜季泽：（迎了老太太的门，大声地）向老太太问早。（正与走出的三奶奶扑个对面，皮厚地）起这样早，原来跑这里来，急死我了！

【曹七巧紧跟三奶奶身后出来，两手兜在三奶奶脖子上，把脸凑上去。

曹七巧：（笑）这么一个人才出众的新娘子，三弟你还没谢谢我哪！要不是我催着他们早早替你办了这件事，这一耽搁，等打完了仗，指不定要十年八年呢，可不把你急坏了！三妹妹呢，也白受煎熬。

三奶奶：（脸沉下，将曹七巧的手解开一放）说话放尊重些，好歹也叫你一声二嫂。

曹七巧：三妹妹不必这么拘谨，咱们也都算是过来人了，有什么不知道的？

三奶奶：（急了）你要再胡说，我就告老太太去了！

曹七巧：好，不说，不说！

姜季泽：（望三奶奶一眼，微笑着）二嫂，自古好心没好报，谁都不承你的情！

曹七巧：不承情也罢，我也惯了。我进了你姜家的门，别的不说，单只守着你二哥这些年，衣不解带地服侍他，也就是个有功无过的人，谁见我的情来？谁有半点好处到我头上？

姜季泽：你一开口就是满肚子的牢骚！

曹七巧：（长吁一口气，挨到三奶奶跟前，看她衣襟上的绣花儿，看一会儿，忽道）总算你这一个来月没出去胡闹过，真亏了新娘子留住了你。旁人跪下地求你也留你不住！

姜季泽：（笑）是吗？嫂子并没有留过我，怎见得留不住？（一面向

三奶奶使个眼色）

曹七巧：（笑得直不起腰，捶着三奶奶）三妹妹，你也不管管他！这么个猴崽子，我眼看他长大的，他倒占起我的便宜来！

【三奶奶看不下去，挣脱走了。

曹七巧：（坐下，一手托腮，抬高眉毛，斜睨着季泽）她跟我生气吗？

姜季泽：（笑）她干吗生你的气？

曹七巧：我正要问你呀，我难道说错话了不成？说她留得住你不好，留不住你倒好了？留你在家不好，她倒愿意你上外头逛去？

姜季泽：（笑）什么留得住留不住，在家在外头，总之，这一家子从大哥大嫂起，齐了心管教我，无非是怕我花了公账上的钱罢了。

曹七巧：阿弥陀佛，我保不定别人不安着这个心，我可不那么想。你就是闹了亏空，押了房子卖了田，哪怕再搭上祖宗的传世之宝宣德炉——

姜季泽：（一皱眉头）二嫂！

曹七巧：（调皮地）就是那个错金银螭纹夔身熏香炉——

姜季泽：（告饶又撒娇地）二嫂——

曹七巧：（一笑）我若皱一皱眉头，我也不是你二嫂了。谁叫咱们是骨肉至亲呢？我不过是要你当心你的身子。

姜季泽：（哧地一笑）我的身子，要你操心？

曹七巧：（颤声地）一个人，身子第一要紧。你瞧你二哥的那样儿，还成个人吗？还能拿他当个人看？

姜季泽：（正色地）二哥比不得我，他一下地，就是那样儿，并不是自己作践的。他是个可怜的人，一切全仗二嫂照护他了。

曹七巧：（直挺挺地站起来，两手扶桌子，垂着眼皮，抖着下颌，逼细嗓子）你去挨着你二哥坐坐！你去挨着你二哥坐坐！（她试着在姜季泽身边坐下，只搭着他的椅子角，将手贴在他腿上）你碰过他的肉没有？是软的，重的，就像人的脚有时发了麻，摸上去那感觉……

姜季泽：（脸上也变了色，但仍旧轻佻地笑了一声，俯下腰，伸手捏住曹七巧的脚）倒要瞧瞧你的脚现在麻不麻！

曹七巧：天哪，你没挨着他的肉，你不知道没病的身子是多好的……多好的……

【曹七巧顺着椅子溜下去，蹲在地上，脸枕着袖子，背抽搐着。

姜季泽：（怔一时，随后站起来）我走。我走就是了。你不怕人，我还怕人呢。也得给二哥留点面子！

曹七巧：（扶着椅子站起来，呜咽着）我走。（扯出手帕沾沾脸，忽而微微一笑）你这样卫护你二哥！

姜季泽：（冷笑）我不卫护他，还有谁卫护他？

曹七巧：（向门走去）哼，你又是什么好人？趁早不用在我跟前假撇清！

姜季泽：（笑）我原是个随随便便的人，哪经得你挑眼儿？

曹七巧：（待要出去，又回身，低声地）我就不懂，我有什么地方不如人？我有什么地方不好！

姜季泽：（笑）好嫂子，你有什么不好？我怎么知道你有什么不好！

曹七巧：（走近他身边，低了声音）你不要装，你知道我好还是不好？

姜季泽：（也低下声音）我真不知道你好还是不好？

曹七巧：（双手从背后搭在他肩膀上）你都背过我了，自然知道我好不好。

姜季泽：（略一下腰，背起她，赶紧又放下了）不知道也罢了。

曹七巧：（笑一声）难不成我跟个残废的人，就过上了残废的气，沾都沾不得？

姜季泽：（心动，犹豫，又止住，侃侃地）二嫂，我虽年纪小，并不是一味胡来的人。

曹七巧：（陡地转回来，逼着姜季泽）你不胡来？你不胡来？

姜季泽：（步步后退，情急地）家里人我是不惹的。

曹七巧：（笑，继续紧逼）家里人自然不好惹，一时的兴致过去了，躲也躲不掉，踢也踢不开，成天在面前，不是个累赘又是个什么？

姜季泽：（后退）不，不！

曹七巧：你有的是外头的人，又会弹，又会唱，又会来事，又会作怪，我倒也想做个外头的人，可以天天和你在一起。

姜季泽：（又轻佻起来）你去呀！人家想着从良，你倒好，想入娼门。

曹七巧：娼门怎么了？总比守个活死人强。

姜季泽：你又发牢骚。你走啊！

曹七巧：走，走得了吗？叫你们牢牢地锁着。

姜季泽：就算锁你，也是个黄金锁。

曹七巧：这黄金锁，是枷在我的脖根上，连金子的边也啃不着。

姜季泽：那也是你自己伸头往里套的。

曹七巧：就算是我自己伸的头，如今我就锁在这个家里头了，我就要你这个"家里人"！我可是只有"家里人"，（抓住姜季泽）我还是要你！

姜季泽：这又是何苦呢？

曹七巧：谁让你背我的呢？你背我进这姜家的门，我就是你的人了！

姜季泽：（讨饶地）二嫂。

曹七巧：别叫二嫂，叫我娘家名字，七巧，叫啊！（柔声地）叫，七巧。

姜季泽：（躲不过，一边挣着，一边向老太太房里）妈！

曹七巧：（压低了恨声地）你妈死了！

【正厮扯着，传来一阵乱响，小双的声音——

小　双：二奶奶，二爷过去了！

【曹七巧一怔，姜季泽抽出身来。

姜季泽：二哥要是有个短长，我和你没完！（一撩袍子，下）

【余下曹七巧一个人，呆立着，忽然笑了。

曹七巧：真是个好兄弟。

第三场

十年过去，一九二二年。

小双在阳台，用衣叉举起一件件旗袍，挂在阳台上方晒衣绳上。从此可见得时间已过去十年，正是旗袍兴起的时代。房间内有大爷大奶奶、曹七巧、三奶奶、马师爷，独当一面坐着的是族中的最高长辈，叔公九老太爷，仪态威严。满台缟素，唯有曹七巧，就像有意为之，孝衣、孝袍，以及鞋面上的白麻布，都短了一条，露出底下的大红衣裙。

大　爷：（对三奶奶）季泽还没起来吗？全家都等他。

三奶奶：今天倒是起得早，起来就不见了。

大　爷：难道他不知道分家的事？还往外跑。

曹七巧：（微微一笑）恐怕是看到了总清算的日子，就想一跑了之。

大　爷：（皱眉，不搭言）

马师爷：无论三爷有多少亏空，也有大爷兜着，亏不到二奶奶身上。

曹七巧：这就叫跑得了和尚跑不了庙。

大　爷：（皱眉）九老太爷在上头坐着呢，轮得到一个妇道人家说话！

曹七巧：我也不想说话，可是我不说谁说呢？我们二房没人呀！二爷没了，少爷还小，唯有我妇道人家出头了，你们也别想欺我!

【九老太爷咳了一声,表示了不耐。

马师爷:(向了大爷)不能让九老太爷久等了,好不容易请他老人家出来作公人。

大奶奶:(对三奶奶)三弟走时没说一声往哪里去了?

三奶奶:他往哪里去,我从来不爱知道!

曹七巧:一个枕头上睡的人,什么心思不知道?

三奶奶:(冷笑)我知道他什么心思,我看,并不如二嫂你知道他的多!

【大爷欲发作,却听九老太爷的拐杖在地上拄出一声响。

大　爷:(不耐烦地)或者就开始吧,他算老几,一家人候着!

曹七巧:那不行,三爷还非到不可,平时就数他公账上支得多,笔笔都需算清了,你们别帮他打马虎眼。

大　爷:(冷笑,对大奶奶)你听见没有,难道要我亲自和那人对嘴,就像你们都怕她似的!

大奶奶:(也冷笑)我们并不怕她,不过,怎么说呢?二奶奶家是开麻油铺的,站惯了柜台,什么人没见过,什么村话没听过,一旦闹起来,什么样的难堪不会有?何苦自找没趣呢!

曹七巧：我也不知道事情是错在哪一根筋上了，姜家这样的官府人家，怎么就和开麻油铺的攀上了亲。

【九老太爷的拐杖重重拄了三下，姜季泽应声而上。

姜季泽：让大家久等了，对不住，可总是老太太要紧啊。这一套往生咒非要这个时辰念，老太太才能进极乐净土。紧赶慢赶的，方才从玉佛寺赶回来。

曹七巧：（讥诮地）真是个乖儿子，老太太没白疼你！

姜季泽：乖儿子是你叫的吗？

曹七巧：我偏叫，乖儿子，乖儿子！

三奶奶：（忽然奇怪地冷笑一声）嗤——

大　爷：（恼怒地）你以为你躲得过初一，就躲得过十五？

姜季泽：（也着恼了）我为什么要躲，我有什么可躲的？

大　爷：问你自己，你去公账上查查，拖欠了多少？要仔细追究，你就要倒赔！

姜季泽：我不信我要倒赔，我是多用了些，可也有限。地淹了，房烧了，兵抢了，股票跌了，也要算我头上吗？

大　爷：你不用扯这些来做障眼法，不算你的自然不会算，该算你的你也跑不掉！就算看在兄弟面上放你跑，人家会答应吗？

姜季泽：（故作可怜地）随你们怎么说，反正老太太不在了，没人替我做主了，你们就整我！

大　　爷：（略有些心软）你还有脸提老太太，都是老太太纵容的，看你往后怎么折腾，还有多少可折腾的！

曹 七 巧：（点头笑）骂得好。

【九老太爷的拐杖连连拄着地。

马 师 爷：（将一堆账册端到九老太爷跟前）请老太爷——

九老太爷：（手挡住账册）我就不看细账了。祖上积德，庇荫子孙，你们要知恩图报，不要为些蝇头小利计较，伤和气事小，坏姜家名声可就因小失大了。

曹 七 巧：姜家可真是有个好名声！

大　　爷：长辈说话，有这么插嘴的吗？

姜 季 泽：大哥，你看，她总是瞎搅和。

大　　爷：（发怒地）谁是"她"？是你二嫂！黑白不分，上下不辨！

三 奶 奶：（又是奇怪的一声）嗐——

九老太爷：（已没了宣讲道德经的兴致）马师爷，你就报账吧。

马 师 爷：（摊开账册）东西其实就这么几项，一项田地，一项房产，一项现钱，第四项，也可以不算作是祖产，就是老太太陪嫁过来的首饰。

曹 七 巧：为什么不算作祖产，都是老祖宗留下的。

大　　爷：（怒目而视曹七巧，已经忍无可忍）你——

大 奶 奶：（安抚地）二妹妹别着急，等马师爷报完了，看有什么不妥的地方，再说也不迟。

姜 季 泽：说不定还是好事，话不就说早了？

曹 七 巧：好事，会有什么好事轮着我？（扯扯姜季泽的袖子）你说说，哪一件好事轮着我了？

三 奶 奶：嗤——

大 奶 奶：（强忍着不耐）咱们听完了再议行不行？

马 师 爷：（此时亦想着快点结束，尽力简洁地）第一项，田地。连年战乱，已经名存实亡，多是撂荒了，有收成的尚余不多。三爷名下的一份，抵去公账上的拖欠，没了。大房和二房对半分。

【三奶奶立起来拂袖而去。

马 师 爷：二项，房产。青岛的，天津的，原籍的，北京的，还有上海本地，如今所住的这一所。听起来不少，事实上呢，一半闲置着，没有租户，反要赔上修葺，折旧，合成收益也就有限了。三爷名下的，依然抵作公账上拖欠的，没了。大房二房平分。三爷，趁三奶奶走开，我也说你几句，你在公账上支钱支得实在太凶，拦也拦不住你，又不敢告诉给老太太听，好，这会到总清算的时候了。算上第三项，现钱，三爷你还净欠六万呢！

九老太爷：子孙不肖，子孙不肖！

大　　爷：让叔公见笑了！

曹 七 巧：叔公见笑归见笑，可是要做个明证，这总清算再不能弄成糊涂账了。

姜 季 泽：（耍赖地）反正你们总要给一个住和吃，我现在也是拖家带口的人了，不成让我们三房乞讨去！

曹 七 巧：你爱乞讨不乞讨的，干我们什么事！

姜 季 泽：（赖皮又轻佻地）二嫂原先可不是这么说的。

曹 七 巧：（又被唤起了兴趣）原先如何说的？

姜 季 泽：原先，二嫂说——

曹 七 巧：（脸上挂了笑）原先如何说？

姜 季 泽：说——

【马师爷轻咳一声，以示提醒。

姜 季 泽：不说了。

马 师 爷：正是考虑到三房一家子人的生计，三爷你那供姨奶奶住的那一幢小洋房，反正已经抵押出去，就不充公抵账了。再有，第四项，老太太陪嫁过来的首饰，因为是母亲留下的一点纪念,由兄弟三个均分。三爷他已经是个一无所有的人,也就只能这样了。

大 奶 奶:(讥诮地)三弟可别把母亲的纪念也赔光了!

大　　　爷:不争气的东西!

曹 七 巧:(忽然叫道)九老太爷,那我们太吃亏了!

九老太爷:(睁眼望了她)怎么?你连他娘丢下的几件首饰也舍不得给他?

曹 七 巧:亲兄弟,明算账,大哥大嫂不言语,我可不能不老着脸说句话。我比不得大哥大嫂——我们死掉的那个若是有能耐出去做两任官,手头活便些,我也乐得放大方些,哪怕把从前的旧账一笔勾销呢?可怜我们那一个病病哼哼一辈子,何尝有过一文半文进账,丢下我们孤儿寡妇,就指着这两个死钱过活。长白不满十四岁,长安刚十一,往后苦日子有的过呢!(说罢眼泪流了下来)

九老太爷:依你怎么办?

曹 七 巧:(呜咽着)哪儿由得我出主意呢?只求九老太爷替我们做主!

九老太爷:我倒想替你出主意呢,只怕你不爱听!二房里有田地没人照管,三房里有人没有地,我待要叫三爷替你照管,你多少贴他些,又怕你不要他!

曹 七 巧:(冷笑)叫三爷替我们照管,我们多少贴他些!只怕到时候,连田地一并贴给了他,不仅他,连我们一并都成了一无所有的人!

九老太爷:替你做主,你又不依。

曹 七 巧:我倒想依你呢,只怕死掉的那个不依!来人哪!小双你把白哥儿给我找来!长白,你爹好苦呀!一下地就是一身的病,为人一场,一天舒坦日子也没过着,临了丢下你这点骨血,人家还看不起你,千方百计图谋你的东西!长白,谁叫你爹拖着一身病,活着人家欺负他,死了人家欺负他的孤儿寡妇!我还不打紧,我还能活个几十年么?至多我到老太太灵前把话说明白了,把这条命跟人拼了。长白你可是年纪小着呢,就是喝西北风你也得活下去呀!

九老太爷:(一拍桌子)我不管了!是你们求爹爹拜奶奶邀了我来的,你当我喜欢自找麻烦么?(站起来一脚踢翻椅子,不等人搀扶,一阵风走下场)

【曹七巧号啕大哭,其余人也要走,马师爷却又发话了——

马 师 爷:(压低了声音)大爷三爷,等等!

33

【众人站住了，曹七巧的哭声也低了。

马 师 爷：（机密地）等等，大爷三爷，请坐下，还有一件事情，要咱们自己家人关上门说。

【众人重又落了座，曹七巧也止了哭，一并望了马师爷。

马 师 爷：方才其实并没有说完，还有第五项，就是老太爷留下的一些字画古玩，清点了两日清点完了，别的都在，独独缺了一件，缺的这一件，却是最贵重的。

大 爷：哪一件？

马 师 爷：宣德错金银螭纹夔身薰香炉。

【肃静。姜季泽与曹七巧对看一眼。

马 师 爷：宣德炉，不是一般的香炉。宣德三年，皇上钦点工部尚书吕震，用暹罗国进贡的风磨铜，在铸造局铸造，按的样式是商周时期的青铜器，还有宫中所藏官、哥、汝、定、钧窑瓷器中款式最典雅的，一总才铸了三千七百六十五件，其中十二炼铜所铸之炉，专用于内廷，十炼，八炼，六炼，则赏给忠臣，或者用于郊坛祠庙。这就是其中的一件。后来，宫中也仿制了一些，流到外间，又有仿制的，即便是仿制的，都是贵重的。可是这一件，却是真品。现在，没了。

【曹七巧和姜季泽又互看了一眼。

大　　爷：马师爷,你再细找找。

马师爷：就差要拆房子了。

大奶奶：实话说,马师爷你方才说的宣德炉的来历,也不是头一回听说,老太太高兴的时候,也常提起,可咱们就从来也没见过的。

大　　爷：我倒不敢说没见过,小时候,祭祖时也曾供过几回,可后来世道乱了,怕丢,就不拿出来了,再没见到。老太太喜欢说家道兴旺的日子,倒是提起过。

三　　爷：我是没见过的。

曹七巧：(看他一眼)你要没见过,咱们就更没福分见了。

马师爷：那就是长翅膀飞了!

大　　爷：怎么能呢?会不会是哪个底下人私自拿出去换钱了?要不要查查这些日子,有谁急着用钱,或者有大笔进账的。

姜季泽：对,或许是哪个输钱欠下了赌债。

曹七巧：也或许在外头又养了一房什么的。

大奶奶：这该从什么时候查找起呢?不是说多少年没人见过了,知道是什么时候丢的。

马师爷：每年大伏里头,都要开顶楼库房的门通风,也要查点查点，可那宣德炉不是金贵吗，是箱子套箱子，箱子再套箱子地锁进柜子里头，所以，（顿了一下，十分谨慎地）像是自己家的人拿走的。

【曹七巧又看姜季泽一眼，微微笑着。

大　爷：（愠怒地）你是指我们这些人了？横竖就是这几个人，都在这里了，查吧！

马师爷：大爷别生气，我的意思是，倘若是个底下人，至多拿个金锞子，银锞子，再大的东西就不敢了。不过，谁知道呢，说不定三百年出个不要命的，就正出在这宣德炉上了。

姜季泽：（态度积极地）倒未必是不要命的，底下人哪里见过什么的，就当是个平常用的手炉脚炉，见它有几斤铜，卖了换钱买猪头肉了。

曹七巧：说得真轻巧！

马师爷：（笑）为吃口猪头肉，犯得着潜进库房，开几层锁——

曹七巧：（笑）还必是月黑风高，家中无人——（说到此处，自己也吓一跳，停下来）

姜季泽：（看着她，脸已变色）说得不错，必是家中无人——

大奶奶：（也笑）咱们家就是人多，什么时候断过人啊？要说全家出行，那还是革命党造反之前的事情了，有十多年了吧，

老太太领着去了一回普陀山，哦，是二妹妹生长白的时候，就留下二妹妹了——（忽然噤言，看着曹七巧）

姜季泽：（心虚地）对，就是那回，舅爷舅奶奶上过一回门！

曹七巧：（愤怒地）舅爷舅奶奶上门，你是怎么知道的？你不是跟老太太上普陀山了吗？

姜季泽：（自知失言，软弱地）我，我猜的！

曹七巧：（连连冷笑）你猜的？我也会猜！我猜是有人偷拿了老太太的钥匙，从普陀山潜回家来，上了库房，开了柜子，开一道锁，再开一道锁，拿走了里面的错金银螭纹夔身熏香炉——

姜季泽：（反而镇静下来）马师爷你莫要说，那些没见识的人，没见过什么，不懂得拿宣德炉，至多拿它几个金锞子，银锞子的。马师爷，就是那种没祖业根基的，暴发的泼户，好比像开麻油铺的，和强盗贼就只差一步呢！金锞子银锞子要，宣德炉也要。

曹七巧：（指着姜季泽，气到极处，反笑起来）这才叫作贼喊捉贼呢！

姜季泽：（无赖地）你叫我贼，我就是贼，不是有句古话？贼要贼抓，铁要铁打。我就是抓你这个贼了！

曹七巧：你无情，就不能怪我无义。马师爷，宣德炉就是他拿的，他，三爷，姜季泽，他悄悄地从普陀山回来，偷拿了宣德炉，揣在怀里，待要再潜出门，正好遇着我娘家哥哥进门，人声嘈嘈的，就耽搁了，被我逮个正着。不是说，贼要贼抓，铁要铁打吗？（凄楚地）我就是个贼，我进了姜家的门，就是个贼，你们哪一天不当个贼似的防我？宣德炉就在他那里，大哥大嫂，向你们兄弟要去，上公堂审去，不怕问不出来！

姜季泽：（忽然笑起来）你说你抓着了我，掐住我的手了？却怎么又放我？

曹七巧：（语塞）我，放你了？

姜季泽：你既然抓住了我，就该当场送我到老太太跟前，为什么不呢？

曹七巧：（自语地）为什么不呢？为什么不呢？

【外面忽传来小贩叫卖声，听上去煞是凄凉。

第四场

　　隔了几年。分家之后，曹七巧带一儿一女另租房子生活。阳台调到另一台口，水泥的沿，铸铁的围栏，与其并列的邻家阳台之间，相距仅一臂。显然是较为新式也较为逼仄的弄堂房子，阳台沿上列了一行鞋，从旧式到新式。小双和相邻阳台的女佣喊喊私语。有卖梨膏糖的手风琴声响着，从弄口传进。

房间内，曹七巧一个人斜在一张烟榻上吸烟，有一搭没一搭地敲着木鱼，这两样物件放在一处，看起来很奇异。曹七巧依然穿着一身红，一团火似的。

小　　双：你家有客人来了！

女　　佣：（低头辨别一时）不是我家，是你家的。

小　　双：真是我家的！（转身进去）二奶奶，有客来了。

曹七巧：（懒懒地）又是舅爷舅奶奶？

小　　双：不是舅爷舅奶奶，是——

曹七巧：是个鬼！除去舅爷，还有谁会上门？

小　　双：是姜家——

曹七巧：见你的大头鬼！不许提姓姜的一个字，自打分家，就断来往了。

小　　双：可是三爷已经到门口了。

曹七巧：（一咕噜爬起来坐直了）让他滚！

小　　双：我就回三爷说二奶奶不见人。

曹七巧：照我的原话回，一个字，滚！

小　　双：（欲转身）

曹七巧：等等。黄鼠狼给鸡拜年，有什么好事？我怕他吗？请三爷上来。

【小双下。曹七巧显然抖擞起来，整顿衣衫头发。

曹七巧：兵来将挡，我凭什么要怕他？心虚的是他，他倒是敢上我的门！他有什么事呢？

【曹七巧兴奋而不安地在地上来回走着。姜季泽满面春风地上场。

姜季泽：二嫂近来好？

曹七巧：没被你们整死，活着，就算好。

姜季泽：（并不介意，大度地）白哥儿在书房里读书吗？

曹七巧：托您的福，白哥儿也还活着呢！

姜季泽：长安呢？湿气可大好了？

曹七巧：难得你还记得长安的湿气，可怜她从小没了爹，还有你这个叔叔和她争食。

姜季泽：二嫂，你这可是诋毁我，我怎么能和侄儿侄女争食呢？就算我敢和他们争，可他们后面不是还有二嫂你吗？那可就是虎口夺食了，我敢吗？

曹七巧：（略得意地）谅你也不敢！

姜季泽：二嫂，你就别记那些气恨的事了。分开过了这些日子，我心里可是记挂得不行。在一起的时候不觉得有什么好的，还老是闹气，一旦见不着了，就缺了什么似的，谁让咱们是一家子，都姓一个姜字。

曹七巧：你别提这个姜字！

姜季泽：不提，不提。可我不提别人也要提。白哥儿娶媳妇，红灯笼上面要写姜府。长安出阁，下的帖子也要写姜小姐。

曹七巧：我们长安不出阁！

姜季泽：（笑）长安不出阁，二嫂你可是出了阁的人了，就算咱们姜家的人了，（皮厚地）不愿意和我一家子啊！

曹七巧：（忍不住笑出声来，心里却还防备着）来做什么啊？来找宣德炉？

姜季泽：二嫂，你又哪壶不开提哪壶！

曹七巧：怎么是不能提的了？不已经撇清了吗？世上再没有你这样清白干净的人了，还有什么不能提的？贼是我们这种人当的，我们曹家个个都是贼。（陡然气恼起来，上前揪他的衣服）我早就要想同你说个明白，无奈你总是躲着我，今天，是你自己送上门来的，你非得说明白不可！

姜季泽：二嫂——我真没拿！（讨饶地）

曹七巧：拿没拿不能由你说。我也告诉你，我已经着人各个典当行里查去了，朝奉们有几个和我哥哥熟识，不怕查不出来。

姜季泽：（真有些被吓住了，退缩地）我没拿，反正我没拿。

曹七巧：（威逼地）你没拿？

姜季泽：我要说我拿了，大哥会动家法。

曹七巧：（小声地）咱们就不给别人说，咱们说给自己听，你拿了吗？

姜季泽：（小声地）我，我，我，还是没拿！

曹七巧：你没拿？

姜季泽：我不敢说！

曹七巧：没事，说吧，这里没外人。

姜季泽：我还是不敢！

曹七巧：你不敢当，倒往我身上赖！

姜季泽：二嫂，我看你是个有胆略的人，一点不同女流之辈，所以才敢往你身上推呢。

曹七巧：（心软下来，松了手，放他过去，叹息一声）我有什么胆略，不过是破罐破摔罢了。

姜季泽：二嫂你千万莫要这么说。

曹七巧：你总是二嫂二嫂的。

【两人分头坐下，都平静下来。喝了一会儿茶。

曹七巧：三弟，你发福了。

姜季泽：（笑）心宽体胖，我是不上心事的人，不像二嫂你事事要强。

曹七巧：有福之人不在忙！

姜季泽：等我把房子卖了，我就一件心事都没了！

曹七巧：就是你作了押款的那房子？你还要卖？

姜季泽：二嫂总是看不起我，早已经赎回来了。

曹七巧：那就是用了母亲的纪念——老太太的首饰。

姜季泽：（正色地）老太太的首饰哪能任意动，我做了几笔买卖，除了嚼吃，略有盈余。

曹七巧：几年没见，真出息了呢！

姜季泽：当初造它的时候，很费了点心思，有许多装置都是自己心爱的。后来你是知道的，那边地皮值钱了，前年把它翻造了弄堂房子，一家一家收租，跟那些住小家的打交道，我实在嫌麻烦，索性打算卖了它，图个清静！

曹七巧：（不相信地）口气好大！我是知道你的底细的，你在我跟前充什么阔大爷！

姜季泽：我说嘛，二嫂就是看不上我。

曹七巧：算，算，我不跟你谈什么银两的事，谈到终了，总是被你套进去，吃了亏也说不出。咱们说别的。

姜季泽：二嫂但凡有一点点看得起我，我就扬眉吐气了。

曹七巧：（岔开话去）三妹妹好吗？腰子病近来发过没有？

姜季泽：（笑）我也有许久没见过她的面了。

曹七巧：这是什么话？你们吵嘴了吗？

姜季泽：这些时我们倒也没吵过嘴。不得已在一起说两句话，也是难得的，也没那闲情逸致吵嘴。

曹七巧：何至于这样？我就不相信。

姜季泽：（叹息一声）唉——

曹七巧：没有别的，要不就是你在外头玩得太厉害了。自己做错了事，还唉声叹气的，仿佛谁害了你似的。你们姜家就没有一个好人！（举起白团扇，作势要打。姜季泽把交叉的十指往下移了移，露出一双水汪汪的双眼睛，看着她）我非打你不可！

姜季泽：你打，你打！

曹七巧：（待要打，又撤回手去，重新一鼓作气）我真打！（抬高了手，一扇子劈下来，又在半空中停住，哧哧笑将起来）

姜季泽：（肩膀耸一耸，凑上去）你倒是打我一下吧！害得我浑身骨头痒痒着，不得劲儿！

【曹七巧把扇子向背后一藏，越发笑得咯咯的。姜季泽把椅子换了个方向，面朝墙坐，人向椅背上一靠，双手蒙住眼睛，又是长长叹了口气。

曹七巧：（啃着扇子柄，斜睨着他）你今儿是怎么了？受了暑吗？

姜季泽：你哪里知道？（放低了声音）你知道我为什么跟家里的那个不好，为什么我拼命地在外头玩，把产业都败光了？你知道这都是为了谁？

【曹七巧有些胆寒，走得远远的，脸色慢慢地变了。姜季泽跟了过去，在她对面站住。

姜季泽：（小声地）二嫂！……七巧！

曹七巧：（小声地）你不是说，不招惹家里人。

姜季泽：不错，家里人多眼杂，让人知道，我是个男子汉，还不打紧，你可了不得！

曹七巧：（手直打战）我要相信你才怪呢！

姜季泽：你怎么能够相信我？自从你到我家来，我在家一刻也待不住，只想出去。你没来的时候我并没有那么荒唐过，后来那都是为了躲你。娶了我那位来，我更玩得凶了，为了躲

45

你之外又要躲她，见了你，说不了两句话我就要发脾气，你哪儿知道我心里的苦楚？你对我好，我心里更难受，我得管着我自己，我不得平白地坑坏了你！

曹七巧：（怔怔地）那你今日又来说这些做什么？

姜季泽：我是想熬住的，不也熬住这多年了？可是，想想，横竖我们半辈子已经过去了，说也白说，要不说呢，又什么时候再说呢？我为你吃了这些苦，亦忒冤枉了。所以今天说出来，死也罢了，管他什么家里人不家里人！

曹七巧：（锐声地，像溺水人抢了根救命稻草）你是有个家里家外，我有什么？我就只有你这个家里人，活活的冤家！

姜季泽：（两手合在她扇子上，面颊贴在她扇面）七巧！

曹七巧：（轻声，自语似的）你为我吃的苦抵得上我为你吃的苦吗？当初，我哥把我聘给你二哥，是为得那几百两银子，我为什么？我不知道。后来，倒像知道了，是为了遇见你，是命中注定要遇见你。可是你，（推他，却推不动）好容易死了心了，你又来撩拨！

姜季泽：（面颊还贴在她的扇面）我也不管那么多了，等我那房子出手——

曹七巧：别提那房子！

姜季泽：好，不提。

曹七巧：你可别哄我，哄我，我和你没完！

姜季泽：（委屈地）人家都为你得了一身病。

曹七巧：你要哄就哄长些时间，别叫我识破，你可是个会做戏的，那就再做得足一些，干脆做成真。

姜季泽：谁做戏啊！人家再无半点假了。等我那房子出手，我就再没牵挂了。

曹七巧：又提房子，（还沉醉着）十年过去了，你和我都老了，做人就是这么不讲理，可到底还是那个你和我！

姜季泽：不是我非要提房子，我是说，这房子是个大牵挂，绊住我了，要解脱出来，我就全心全意地和你——二嫂——

曹七巧：（警觉起来，抬眼望他一会儿，慢慢抽出扇子，走开去，闲淡地）你卖房子，接洽得怎样了？

姜季泽：（也立直了）有人出八万五，我还没打定主意呢。

曹七巧：（沉吟地）地段倒是好的。

姜季泽：谁都不赞成我脱手，说还要涨呢。

曹七巧：是啊！（回头看他一眼，他也正看着她）可惜我手头没有这一笔现款，不然我倒想买。

姜季泽：其实呢，我这房子倒不急，倒是咱们乡下你那些田，早早脱手的好。自从改了民国，接二连三地打仗，何尝有一年闲过？把地面上糟蹋得不成样子，中间还被收租的、师爷、地头蛇一层一层勒索着，莫说这两年不是水就是旱，就遇着了丰年，也没有多少进账轮到我们头上。

曹七巧：（寻思地）我也盘算过，一直挨着没有办。先要把它卖了，这会子想买房子，也不至于钱不凑手了。

姜季泽：你那田要卖趁现在就得卖了，听说直鲁又要开仗了。

曹七巧：急切间你叫我卖给谁去？

姜季泽：我去替你打听打听，也成。

曹七巧：（耸了耸眉毛笑）得了，你那些狐群狗党里头，又有谁是靠得住的？

姜季泽：马师爷也算狐群狗党的吗？

曹七巧：马师爷？

姜季泽：马师爷在咱们姜家做了大半辈子，攒了些积蓄，就想着买下些田地，好留给子孙。

曹七巧：（冷笑地）他那银子不定是姓马还是姓姜。

姜季泽：管它姓什么，是银子就行。

曹七巧：倒也是。（慢慢地摇着扇子）你同马师爷商量有多久了？

姜季泽：（说溜嘴地）也是巧，他要买地，我要卖房，说着就碰一起去了——（看曹七巧脸色不对，不由止住。）

曹七巧：（望着他，突然跳起身，将手里的扇子向姜季泽头上掷过去）你要我卖了田去买你的房子？你要我卖田？钱一经你的手，还有得说吗？你哄我——你拿那样的话来哄我——你拿我当傻子！

【曹七巧隔着一张桌子探身过去打他，小双闻动静进来，下死劲抱住她。

姜季泽：（对小双）等白哥儿回来，叫他替他母亲请个医生来看看。

小　双：（吓糊涂了，连声地）哎，哎！

【曹七巧兜脸给了她一个耳刮子，挣开来一回头，见房门口站着吓呆了的长安。

曹七巧：（对长安）你过来。

【长安延挨着，又不敢不过去，一步一步挪。

曹七巧：你今年过了年也有十三岁了，也该放明白些，自己要晓得当心，要记着提防人，你听见了没有？

长　安：（垂着头）听见了。

曹七巧：（冷笑）你嘴里尽管答应着，我怎么知道你心里是明白还是糊涂？你人也有这么大了，又是一双大脚！哪里去不得？我就是管得住你，也没那个精神成天看着你。按说你今年十三了，裹脚已经嫌晚了，原怪我耽误了你。马上这就替你裹起来，也还来得及。

小　双：如今小脚不时兴了，只怕将来给姐儿定亲的时候麻烦。

曹七巧：（喝斥）没的扯淡！我不愁我的女儿没人要，真没人要，养活她一辈子，我也还养得起！

【曹七巧要小双取裹脚带来，当真替长安裹脚，一阵鬼哭狼嚎之后，长安竟昏厥过去，曹七巧并不慌张，用鸦片烟向长安脸上喷了一口烟，长安竟慢慢睁开眼睛。

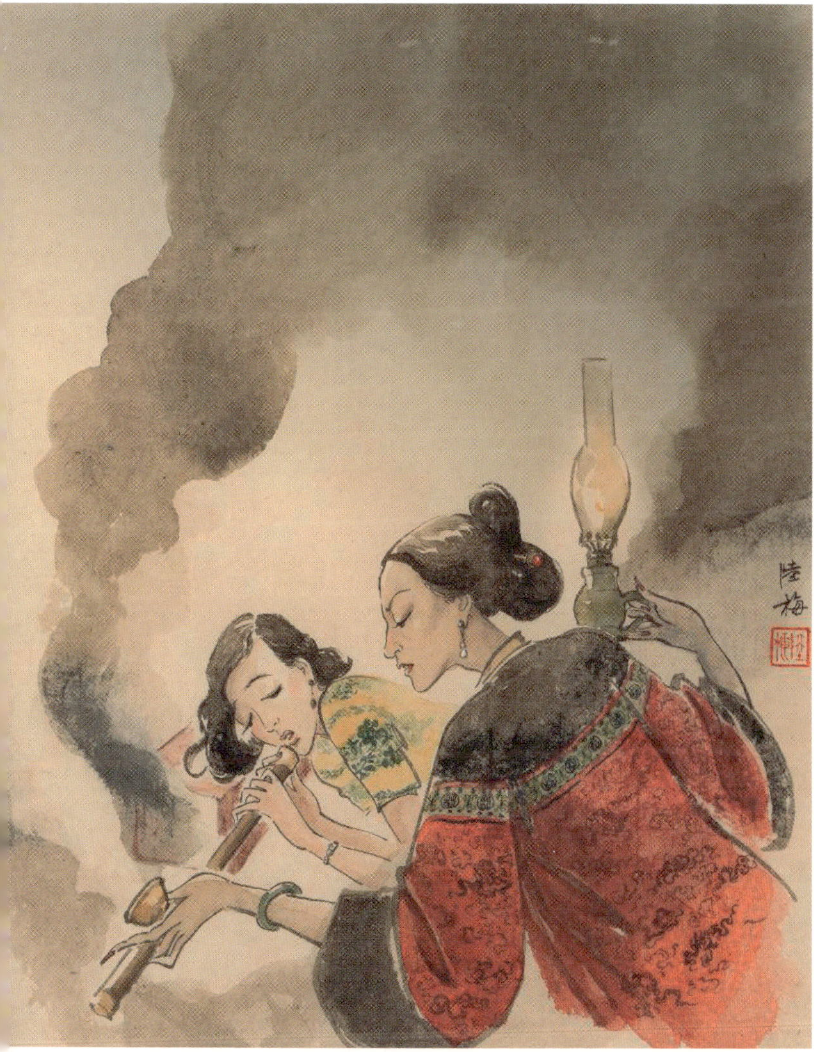
陸梅

第二幕

第一场

十年过后。

天向晚，小双在阳台上收衣服，她已是个小妇人了。衣服一件一件收起来，进去，灯光灭。台上灯亮，姜季泽家。

一幢新式里弄房子的大房间，欧式的装饰，摩登华丽，体现出时代潮流的变迁，也体现出姜季泽享乐主义的性情。三奶奶和其女长馨，正接待客人童世舫。童世舫虽然是留洋的，却十分国粹，穿了长衫，在洋装的长馨跟前，倒显得有些古板。

长　馨：妈，这是我同学的表叔，童世舫。

三奶奶：请坐，童先生。

童先生：谢谢。

长　馨：请坐，表叔——要是今天的事能成的话，我就要称童先生姐夫了！

三奶奶：童先生别理她，缺管教，失礼得很。

童先生：令嫒很聪明活泼。

三奶奶：喝咖啡，童先生。

童世舫：我倒是还爱喝茶，绿茶。

三奶奶：（笑）童先生留洋这么些年，竟没有学洋。

童世舫：（笑）在外埠头读书，回来一看，倒像是洞中方一日，世上已千年。走的时候，女孩子们还是保守的，如今，真的与外国女孩子很相仿了。

三奶奶：家中老人都好？

童世舫：很好，就一件不好，儿子不孝，至今没娶上媳妇。

三奶奶：（不禁有些好奇地）家里就没趁早定一门亲？

童世舫：（略有些难堪，亦还是大方地）定是定过的，只是当时和一名女同学好，抵死反对，为了这，家中一度还断绝了接济，路远迢迢，打了无数的笔墨官司，终于依了我，解了约，可女同学又同别人好了。（自嘲地笑）

三奶奶：（同情又愕然地）还是没缘分啊！

童世舫：其实家中定的那人我从来没看见过，据说是个贞静的人。

三奶奶：（催长馨）给你姐姐打个电话，说，童先生已经等一时了。

童世舫：不着急，不着急。

【长馨下。

三奶奶：女孩子总是害羞的，童先生要主动些。

童世舫：这样很好。十来年以后，我是真觉着，妻子还是中国的、旧式的可爱。（有些触动地，立起来）年轻的时候，总是被热情吸引，可热情却只能是一时的，倘若要长久，又称不上是热情了。倒还是细水长流，更适合于婚姻的人生。

【长馨上。

长　馨：电话打过去，说姐姐出来了。

三奶奶：（一笑）那就好，出来就好！

童先生：不着急，不着急！

三奶奶：长馨这个姐姐，脾性像她的母亲，就是我的二嫂，是个爽快人。

童先生：那很好。

三奶奶：要说有什么不足，也就是年纪略大几岁。

童先生：年纪是相对而言，在外洋，看中国的婚嫁，都觉得太过年幼的，自己还是孩子，不料已做了父母。

三奶奶：（笑）这么说，童先生还是洋派的了。

童先生：（笑）我是过了婚娶年龄的人，怎么敢挑剔别人？

三奶奶：童先生很会说话。

童先生：我说的是真话。（转向长馨）你姐姐也同你一样幸福吧？

长　馨：（面上流露不以为然的表情）怎么说呢？（斟酌一下）姐姐

从小没了父亲。

童先生：哦，跟了寡母，大约吃了不少苦。

长　馨：我二伯留下很多产业。

童先生：孤儿寡母总归是软弱的。

长　馨：我这二妈倒并不软弱。

童先生：这么说来，你姐姐还是受保护的。

长　馨：（迟疑地）自然是受保护的。

三奶奶：长馨，你姐姐出来这久了，怎么还没到，再打个电话去问问吧！

童先生：不着急，不着急！

【长馨下。

三奶奶：童先生，你喝茶。

童先生：不客气，不客气。

三奶奶：童先生，你吃瓜子。

童世舫：不客气，不客气。

三奶奶：童先生，你看报纸。

童世舫：好的，好的。

【正应付着，忽见长馨在向她招手，于是走过去。

长　馨：我姐姐又回去了，说她不来了！

三奶奶：这是为什么？

长　馨：她说太难为情了！

三奶奶：（不由笑了）难为情？

长　馨：（抱怨地）早知道难为情，就不要答应来嘛！今儿又不是姓童的追求她，她这架子是冲着谁搭的？我也懒得去催她，由她来不来的，也不干我事。

三奶奶：瞧你这糊涂！人是你约的，媒是你做的，你怎么卸得了这干系？我埋怨过你多少回了，你早该知道了，安姐儿就跟她娘一样的小家子气，不上台盘。待会儿出乖露丑的，说起来是你姐姐，你丢人也是活该，谁叫你把这些是是非非，揽上身来，敢是闲疯了！

长　馨：我还不是听你说，说长安可怜，那个家，像个牢笼似的，二妈也不起意替长安说亲，明明是要误她一辈子！

三奶奶：我是可怜长安，怪她投错胎，咱们能怎？你又不是不知道，你爹跟你二妈仇人似的，向来是不见面的。我虽然没跟她红过脸，再好些也有限，何苦自讨没趣！

【长馨气鼓鼓的，母亲看她一眼，不由笑了。

三奶奶：看这情形，你姐姐是等着人催请呢。

长　馨：又不是新娘子，要三请四催的，逼着上轿。

三奶奶：好歹你再打个电话去，再请她一下，不就结了？快九点
　　　　了，再挨下去，事情可真要崩了。

童先生：（站起身，表情有些不安）姜太太，有什么不妥吗？

三奶奶：（不禁有些狼狈）没，没什么不妥的！童先生，坐，请喝
　　　　茶！女孩子总是害羞的，（转而推长馨）快去打电话！

【长馨挣了几挣，只得去打电话，却又一步步退了回来，原来是长安来了。长安换了新装，头发烫了，从天庭到鬓角一路密密贴着细小的发圈，耳上戴了二寸来长的翠宝塔坠子，身着苹果绿乔琪纱旗袍，高领圈，荷叶边袖子，腰以下是半西式的百褶裙，外面披苹果绿鸵鸟毛斗篷。立在那里，慢慢褪去了斗篷。

长　馨：这就是我姐姐姜长安。

童世舫：（鞠了一躬）姜小姐，好。

【长安微微还了一礼，立在原地，无比的矜持。

长　馨：安姐姐，童先生等你都等急了！

童世舫：不着急，不着急！

三奶奶：长安，过来坐！

【长馨拉长安过去，硬是按她坐在童世舫对面。

长　馨：姐姐，童先生方才从德国回来，有许多见闻。

【长安低头不语。

长　馨：童先生，据说莱茵河非常美，像童话里的梦境。童先生讲个童话！

童世舫：（笑）实在是不会讲，我也没怎么读过童话。

长　馨：或者读一首诗，海涅的，或者席勒的。

童世舫：那就更不会了，我是个俗人，学的又是工科，对诗一窍不通。

长　馨：那么，就只能学一声猫叫了！

童世舫：（并不恼，只是笑）我连猫叫都学不像呢！

长　馨：那么安姐姐表演一个！唱支歌？

【长安低头不语，三奶奶拉长馨。

三奶奶：长馨，别闹了，去看看夜宵怎么样了！

【长安忽然挺胸唱了一声，却是荒腔走板到不知什么地方去了——

长　安：（低头捂住脸）太难为情了！

三奶奶：你们坐，长馨，去看看夜宵如何了。（拉长馨下）

【两人默默无语坐了一时。

童世舫：姜小姐。

长　安：（紧张地抬头）什么事？

童世舫：（微笑）哦，没什么。

长　安：（松口气，又低下头）哦——

童世舫：姜小姐——

长　安：（又紧张起来，看着他）哎。

童世舫：（微笑着，递过去一个干果碟）要不要尝一点？

长　安：（扭捏地）不要。

童世舫：（力劝）尝一点。

【长安只得拈了一颗杏仁，慢慢啃着，缓缓地咀嚼。

童世舫：（自己也拈了一颗吃）中国的菜是好的，可是我还是吃不大惯。

长　安：（惊愕地抬头）吃不惯？

童世舫：可不是！外国菜比较清淡些，中国菜要油腻得多。刚回来，连着几天亲戚朋友们接风，很容易地就吃坏了肚子。

长　安：（轻轻笑了一声）

童世舫：姜小姐，上过长馨那样的学校吗？

长　安：（先点头，后摇头）

童世舫：上过，又不上了？

长　安：（点头）

童世舫：为什么？（轻声地，像哄小孩子）

长　安：为了床单的事。（极小的声音，就像小孩子）

童世舫：床单又是怎么样的事？

长　安：（头低极）住读，衣物送洗衣房，丢了一条床单。

童世舫：丢了，就去找回来，不得了？

长　安：母亲也这样说，可是这太难为情了！

童世舫：那么就不去找，不也得了？

长　安：母亲自己去了。

童世舫：这样很好。

长　安：你不明白母亲是什么样的人——

童世舫：（笑）你这人真有意思。

长　安：（惊愕地，抬头）我不明白。

童世舫：（越发笑）真的，很有意思。

长　安：你笑话我！

童世舫：不，不，我是高兴。

长　安：高兴？

童世舫：真的很高兴，在德国，很稀少听见中国话，看见中国人的脸。有一回，去另一个城市，在街上，嗅到一股酸甜的气味，便晓得是中国菜味，咕老肉的酱汁味，转过去一看，果然是一家中国餐馆，情不自禁走进去，满目都是外国人。那一刻，非常地怅惘。

童世舫：（渐渐沉浸在自己的话里面）因为学的是工科，便都以为是崇尚西洋，可经了这些年的漂泊，才发觉，喜欢的还是中国，幽娴、贞静的（他眼睛对着长安）月亮。

【长安抬起眼睛，两人似有了些默契。

第二场

小双在阳台晒衣服，衣服的颜色显然沉暗得多，隔壁女佣也在。

女　佣：今天你家来了两个女客。

小　双：一个是大奶奶，一个是三奶奶，极少上门，是稀客。

女　佣：你东家是二奶奶？

小　双：是啊。

女　佣：你家搬来这些年，我都没见过一眼。

小　双：（笑一声，朝阳台上晒的衣服点点头）这就是二奶奶的壳。

女　佣：壳里面的肉怎样呢？

小　双：肉？早已经风干了！

【曹七巧家。大奶奶，三奶奶，还有曹七巧——曹七巧穿一身黑，黑得有种森然的感觉，妯娌三人一起喝茶。楼下传来小学生朗读声。

【读书声：

> 爸爸种豆，种在地上。医生种痘，种在臂上。
>
> 弟弟对医生说：这是我的臂，不是园地。你种错了没有？
>
> 医生说：大家要种痘，种痘防天花。

曹七巧：（对里面喊）小双，下去关照先生一声，叫他们轻一些，简直是鸭棚了！

大奶奶：（息事宁人地）读书总是有动静的。

曹七巧：这也实在是没有办法的办法。孤儿寡母，靠几个死钱过日子，本来就是坐吃山空，世道又不好，打仗，九六公债套牢，好了，日本人又来扔炸弹，还有传言，银元要作废，不让人做人了。只有勒紧裤腰带，出租底层给这间小学校，想不到是这样喧闹。

大奶奶：那两个女先生人年轻，却十分懂礼，方才进门时遇见，还让路，行礼。总比租给那些跑街先生安稳。

曹七巧：女先生也太穷酸相了，十二月的天气，还穿单旗袍，嘴唇也冻乌了。中午在灶间吃饭，三四个人围一碗虾米青菜汤，一块红腐乳。说是教书，实在也比乞讨强不了几分。

大奶奶：家道贫寒，要不怎么出来做事？

曹七巧：在家吃什么穿什么都不当紧，可出来做事就不同了，总要顾忌一些吧。要我说，都怪她们的爹妈，只知道生不知道养。

大奶奶：哪能都和二奶奶比呢，一手带大一对儿女，称得上是巾帼须眉！

曹七巧：你们谁来做我这个须眉试试？我倒不想做须眉，可是有什么办法呢？我本来就是欠了姜家的，养闺女又是还债，只能是尽力而为。行的是老法规矩，我替她裹脚；行的是新派规矩，我送她上学堂。裹着裹着不乐意裹了，学着学着不愿意学了，半途而废，这能怨我吗？照我这样扒心扒肝调理出来的人，只要她不疤不麻不瞎，还会没人要吗？怎奈这丫头天生的是扶不起的阿斗，恨得我只嚷嚷：多咱我一闭眼去了，男婚女嫁，听天由命吧！

大奶奶：长安确也到了说亲的年纪。

曹七巧：急也不能急到脸上。

大奶奶：长安并没有急。

曹七巧：谁说不急？当我不知道，偷往三妹妹家跑了几回，是做什么的？

三奶奶：（又急又怕）那是长馨一个女同学的表亲，她们姊妹间究竟怎样说的，我事前并不知道。

曹七巧：（笑）三妹妹，你误会了，我不是怪罪你，谢都谢不及了。今天特特请二位来，就是想打听打听——唉，这些年亲戚都淡了来往，有多少日子没见了？大哥总是好的，大奶奶是有福气的人。三弟呢？比过去安稳些了吗？

三奶奶：分家头二年，还想折腾呢，可到底钱不凑手，折腾不开，不得已略收了心，前年把外面那一个打发回了原籍，在家的时间就多了。

曹七巧：（按捺不住，腾地站起，又缓缓坐下）不过，我告诉三妹妹一句老话，狗改不了吃屎。

三奶奶：我不管他改不改，这一家子人是要他养的。

曹七巧：是啊，总之你们都比我强，我呢，要养自己，要养儿养女，如今，男当婚，女当嫁，还要操心。所以，就要谢谢三妹妹，替我们家长安说媒。

三奶奶：这都是长馨闹的鬼，真不干我的事！

曹七巧：（笑）三妹妹急着撇清，好像我拿你问罪似的，我可是拿你当恩人，把长安托给你了。

三奶奶：（更害怕了，只摆着手）长馨小孩子家不懂事，我回去骂她！

曹七巧：（不笑了）三妹妹，怎么了？我们长安疤了？麻了？瞎了？不配叫长馨做媒？

大奶奶：（解围地）长馨她们女学生，行的是摩登新法，也算不上做媒不做媒，不过是介绍个朋友罢了。

曹七巧：无论新法旧法，我做娘的总不能袖手不管，总得打听打听出身、姓名、人品。总不能人人都知道，就我做娘的蒙在鼓里！

三奶奶：（方才平静下来）其实我只见过童先生一面，倒是个本分人的样子。

曹七巧：姓童？

三奶奶：名叫童世舫，也是北方人，仔细攀认起来，和姜家还沾着点老亲。比长安略大几岁，三十出点头，新从德国留学回来，是长馨一个同学的表叔。

曹七巧：（沉吟地）听起来不错，只是我耳朵里仿佛刮着一点，说是乡下有太太，外洋还有一个。

三奶奶：哦，这倒是说明白的，乡下的那个没过门就退了亲，外洋的那个也是这样，做了几年朋友，不知怎么，最后并没有成功。

【长安端了一个托盘悄然上场，立在一边听。

曹七巧：（冷笑）那还有个为什么？男人的心，说声变，就变了。

他连三媒六聘的还不认账,何况那不三不四的歪辣货?知道他在外洋还有旁人没有?我就只这一个女儿,可不能糊里糊涂断送了她的终身,我自己是吃过媒人的苦的!(转头看见长安)死不要脸的丫头,竖着耳朵听呢!这话是你听得的吗?我们做姑娘的时候,一声提起婆婆家,来不迭地躲开了。你姜家柱为世代书香,只怕你还要到你开麻油铺的外婆家去学点规矩呢!

长　安:（红着脸一笑）我给大伯母、三婶娘端银耳莲心羹来的。

大奶奶: 竟然要安姐儿亲自动手。长久不见,安姐儿出落得这样好,很像二妹妹年轻时候的模样呢!

曹七巧: 千万别像我,我命苦。

长　安:（不说话,只是低头笑）

曹七巧: 大嫂三妹妹,你们可是贵人呢,平时我们难得见姑娘笑脸的,今日借你们光,天开了。

长　安:（笑容消失了）妈——

曹七巧: 你们听,叫我妈了!其实是叫她三婶呢!她三婶替她找了人,就是她的重生父母,再养爹娘!

长　安: 你说我也就罢了,连上人家三婶犯得着吗?

曹七巧:（拉着三奶奶）你看看,你看看!你侄女向着你呢,你没白疼她!

三奶奶：我看安姐儿很孝敬的。

长　安：哪一日不叫你妈了？早上一回请安，妈——晚上一回请安，妈——

曹七巧：折煞我了，不够看姑娘的脸子的。这些年来，多多怠慢了姑娘，不怪姑娘难得开个笑脸。这下子跳出了姜家的门，趁了心愿，再快活些，可也别这么摆在脸上呀——叫人寒心！

大奶奶：二妹妹赶紧别这么说，安姐儿脸上挂不住了！

长　安：她哪里顾得我脸上挂住挂不住？我就是她的出气筒，什么时候不高兴了，就拿我出气。

大奶奶：长安也别这么说，做娘的总是为女儿好！

长　安：（老姑娘的乖戾相出来了，尖刻而又凄楚地）大伯母，我算是看透了，我娘才不要我好呢，我娘不会要我好，我娘见不得我好，我要好了我娘才不自在！

曹七巧：（拍着桌子）嘻！我不要你好！我不要你好，难道要你坏？你这个没良心的！

长　安：你吃了亏，就要在我身上找回来，你吃亏，能怪我吗？

曹七巧：我吃什么亏了？

长　安：你吃什么亏我知道？成天价一脸黑气，谁都是你的对头，爹爹在的时候，日日咒爹爹死，爹爹不在了，就咒我们。哥哥没娶亲的时候，强着要给哥哥娶亲，娶了亲进来，又揣掇哥哥讨小老婆。

曹七巧：你们说我要不要打她？你们今天可都看了，听了，哪里是亲闺女呢？分明是仇人。

长　安：我不是你的仇人，也是你的人质，你守活寡，你就要我也守活寡，你守死寡，也要我守死寡，你就拿我押着，能扳回你的一星点什么吗？

曹七巧：那我告诉你，俗话说，龙生龙，凤生凤，老鼠生儿会打洞。我还告诉你，三岁看到老。你是我生的养的，我不知道你的斤两？我看定你了，你要好也好不过你娘我，天生是个孤寡的命！

长　安：我偏不信，我不信我是孤寡命，我便就要嫁一嫁，看能怎么的？（哭着跑下）

曹七巧：你们听听，这才说出了实话。姑娘急着要嫁，叫我也没法子。腥的臭的往家里拉。名为是你三婶给找的人，其实不过是拿你三婶做个幌子。多半是生米煮成了熟饭，这才挽了三婶出来做媒。大家齐打伙儿糊弄我一个人……糊弄着也好！说穿了，叫做娘的，做哥哥的脸往哪儿去放？（冲着长安跑去的方向）在我面前糊什么鬼？有朝一日你让我抓着了真凭实据——哼！别以为你大了，定了亲了，我打不得你！也没见你这样的轻骨头！家里供养了你这些年，就只差买个小厮来伺候你，哪一处对你不住了？就这么火烧眉毛，在家里一刻也待不稳！要是个好的倒也罢了，偏是个不成器的，人家拣剩下来的，岂不是自己打嘴？他若是个人，怎么活到三十来岁，漂洋过海的，跑上十万里地，一房老婆还没弄到手？

大奶奶：二妹妹，现在讲自由了，安姐儿自己情愿！

曹七巧：她情愿？人家倒许不情愿呢？大嫂就拿准了那姓童的是图她的人？好不自量，她有哪一点叫人看得上眼？趁早别自骗自了！姓童的还不是看上姜家的门第？别瞧他们家轰轰烈烈，公爵将相的，其实全不是那么回事！早就是外强中干，这两年连空架子也撑不起了。人呢，一代坏似一代，眼里哪儿还有天地君亲？少爷们是什么都不懂，小姐们就知道霸钱要男人——猪狗都不如！我娘家当初千不该万不该跟姜家结了亲，坑了我一世，我待会儿见了那姓童的，要告诉他趁早别像我似的上了当！（忽从座上奋起，大奶奶与三奶奶一边一个拉住她，不知她要如何）你要野男人你尽管去找，只别把他带上门来认我做丈母娘，活活地气死了我！我只图个眼不见，心不烦。能够容我多活两年，便是姑娘的恩典了！

大奶奶：（安抚地）二妹妹，你消消气，自古吵架无好言，长安又是个孩子，当自己亲娘，说话就不顾忌！

曹七巧：（气咻咻地倒在椅上，拿起木鱼敲着）真让你们见笑了，我这为人一世，难道就不落一点好吗？自己亲生的闺女，都成乌眼鸡一般，恨不得要吃了我。

大奶奶：何苦生这样的气？长白长安都是好孩子，被你管教得驯驯服服，吵两句是难免的，到最终了，还不是你说了算。

曹七巧：三妹妹，童家那头你还是要与我多留心着，姑娘再恨我，我也是她娘，也得护着她，任凭她怎么想我呢？这就是前世里欠下的债，今生一笔一笔都要还。

三奶奶：今天长馨下午学堂放假，要我陪她剪旗袍料，我该走了。

大奶奶：咱们都该走了，叨扰了这么久，二妹妹你歇着，消消气。

曹七巧：小双，送客，我这会儿气得也不能动了，不能送你们，忒怠慢了！

大奶奶：赶紧别动弹，我们走了！

曹七巧：好走，向大哥问好，也向三弟问好——问不问也罢了，他反正是最不待见我了，也是个没良心的。（笑）

【大奶奶和三奶奶下，曹七巧静坐一时，敲木鱼。

曹七巧：小双。

【小双上，她也已经是半个老妇人了，梳了溜光的髻，素衣素裤，精明强干的样子。

曹七巧：把长安叫来。

【小双下，略过一时，长安上，低了头，哭过的样子。

曹七巧：（看了长安良久）看你这些天气色不好，精神头也不足，戒烟吗？

长　安：是的，妈。

曹七巧：何苦呢？你从小身子弱，八岁那年生了痢疾，请多少医生都没瞧好，眼看着只有出的气，没进的气了，后来，还是你舅爷提的醒，让吸两筒鸦片试试，果然回过气来了。你还好犯惊厥，一生气，两眼就倒插上去，只剩白眼仁了，还是靠它，朝脸上喷两口烟，又回来了！你的瘾比你哥哥还大，你离不开它！

长　安：（低头不语，停了一时）童先生是新派人，不会明白这个。

曹七巧：怕什么！莫说我们姜家还吃得起，就是我今天卖了两顷地给咱们姐儿抽烟，又有谁敢放半个屁！你吃自己的，喝自己的，姑爷就是舍不得，也只好干望着罢了！吸，吸半筒，妈亲自替你装烟。

长　安：（坚决地推开烟）我戒了，妈！

曹七巧：（伤感地）为了个男人，咱娘俩都隔心了。

长　安：吸的时候觉得不吸不行，一旦不吸也就不吸了。

曹七巧：（忽伤感地）我的儿，你知道外头人把你怎么长怎么短糟蹋得一个钱也不值？你娘自从嫁到姜家来，上上下下谁不是势利的，狗眼看人低，明里暗里我不知受了他们多少气。就连你爹，他有什么好处到我身上，我要替他守寡？我千辛万苦守了这二十年，无非是指望你姐儿俩长大成人，替我挣回一点面子来，不承望今日之下，只落得这等的收场！（呜咽起来）

长　安：（蓦然地，抬起头）既然妈不愿意结这头亲，我回掉他就是了。

曹七巧：（正哭着，忽然住了声，停了一停）这又何苦？

长　安：别人把我说得不成人，我管不了，妈把我说得不成人，我也管不了，唯有童先生怎么想，我才在乎。我宁愿和童先生不成，也不想让那些话传进童先生耳朵里。

曹七巧：听起来就好像是妈拆散你们的。

长　安：（惨淡一笑）怎么能是您拆散的呢？是我自己不要，我不要童先生认识您，童先生不会明白您，不像我们，是您的儿女，明白不明白都得明白，这是我们的命，何苦把人家童先生搭进来呢？

曹七巧：这是你说的，不是妈的意思！

长　安：我知道您的意思，我太知道了。我和童先生的事，迟早要出乱子，迟早要死，不如让我自己的手，把它掐了！

【楼下传上小学生的读书声。

【读书声：爸爸种豆，种在地上。医生种痘，种在臂上。

　　　　弟弟对医生说：这是我的臂，不是园地。你种错了没有？

　　　　医生说：大家要种痘，种痘防天花。

【小学生明朗的读书声却衬托出无限的凄凉。

第三场

　　台口阳台，满是衣服，这一日晒的是长安的衣服，摩登的三十年代流行款。小双和隔壁女佣引颈远眺，弄口有急切热烈的锣鼓和山东曲调，是耍猴的。长安从底下走过，忽想起忘了什么，抬头。

长　安：双姑娘，替我扔把伞下来。

小　双：哪一把?

长　安：蕾丝洋绉花伞。

【小双进，复又回阳台，扔下一把伞，没关好，打开着，一团花似的到了长安手里。

【公园的一座凉亭底下，童世舫已经在了，低头看一张报纸。长安撑了一把伞上，没叫他，只是站着，惘然地立了一会儿。童世舫抬起头，看见她，微笑地迎上。

童世舫：姜小姐。

长　安：童先生。

【停了一下，童世舫去擎长安的手，长安不由一惊，缩回手，童世舫笑了，再次擎了长安的手，带些强制的意思，在她腕上戴上一只女式表。

长　安：(几乎是惊恐地)不，不行!

童世舫：(有趣地看着她)为什么?

长　安：我不能要!

童世舫：为什么?

长　安：我母亲，不让要别人东西!

童世舫：（几乎笑出声来）你这人真有意思。

长　安：我这人有意思吗？（泪眼蒙眬地）

童世舫：你这人很有意思。

长　安：（猝然间下了决心）童先生，我想——我们的事也许还是——还是再说吧。对不起得很。（褪下手表要交回他手上）

童世舫：（不接）我冒犯你了？

长　安：（摇了摇头）

童世舫：为什么呢？对我有不满意的地方吗？

长　安：（笔直向前望着，摇了摇头）

童世舫：那么，为什么呢？

长　安：我母亲……

童世舫：你母亲并没有看见过我。

长　安：我告诉过你了，不是因为你。与你完全没有关系。我母亲……

童世舫：你母亲——

长　安：是的，我母亲。

童世舫：可能有些误会，请长馨的母亲，你的三婶，出面解释一下好吗？

长　安：（摇头）

童世舫：或者，我去拜见一回令堂。

长　安：（紧张地）别，千万别！

童世舫：为什么？

长　安：你不明白我母亲是怎样的人。

童世舫：我了解，母亲，这在中国是很充分的理由，（停了一下）我尊重你的意见。（接过长安手上的手表）让我送送你。

长　安：不用了，童先生。

【童世舫没有勉强，止住脚步，长安走了几步，哪里忽传来口琴声，吹的正是"Long Long Ago"的曲调，长安伫了步，掩面哭了。

童世舫：（体贴地）让我送你吧，即便是一般的朋友，也是应该的。

长　安：（立在原地，仰头听那口琴声）这歌我也会唱的。（说罢便微颤着声音唱起来）

童世舫：姜小姐，我第一次听你唱歌呢。

长　安：那时候在沪范女中，每周都有歌唱课，先生教练声，用假嗓，运气，唱出来的声音不像人声，就像是西洋的小提琴，可以唱得很高很高呢。

童世舫：听起来，姜小姐对读书的生活很留恋。

长　安：穿着清一色的蓝爱国布的校服，几个人住一大间屋子，木地板，木窗，天花板的角上塑了花，先生说是洛可可风格的花。（因没了对童世舫的期望，便松弛下来，言语也略放肆了些）吃饭是八个人一桌，八菜一汤，其实不如家里吃得精致，却很开胃。不上半年，胳膊都粗了一圈。（伸出胳膊给童世舫看）回家又瘦了。

童世舫：既然这样喜欢女中的生活，为什么不坚持读下去呢，并不是拮据的人家啊。

长　安：还不就是为了床单的事。

童世舫：似乎听姜小姐说过一些。

长　安：住读的学生洗换衣服，照例是送学校专包的洗衣房，我从没离过家，被人伺候惯了，老也记不得自己的号码，常常就失落了枕头套手绢什么的。

童世舫：（笑）你这人很有意思。

长　安：只有童先生你说我有意思，我都不知道我有什么意思。

童世舫：后来呢？

长　安：有一天放假回家，检点一下，又少一条床单。母亲要我去学校查，这多么难为情？母亲就恼了，要领了我去学校。我抵死不去，哪有为一条床单兴师问罪的，何况也不能怪人家，是我自己记不得号码。后来母亲自己去了，床单没找回来，反被学校的人笑话了。我哭了一夜，最后决定不上学了，我不能在我同学跟前丢这个脸，我宁死也不到学校去了。

童世舫：为这么点小事辍了学，挺可惜。

长　安：（口气里忽然有了母亲的影子）女人家的，识几个字就行了，读书不过是个消遣。

童世舫：读书总是好的。

长　安：一家有一家难念的经啊！

童世舫：（笑）这是哪来的话？姜小姐一下子变得世故起来，都不像姜小姐了。

长　安：（也笑）童先生先前的女朋友，读过许多书吧，想必很好。

童世舫：她是低我一班的同学，是新女性，学的又是艺术，所以性情是浪漫的，而且勇敢。

长　安：童先生也是勇敢的。

童世舫：我们确实做了许多勇敢的事，一同违反父母的意志，毁了家中定好的婚约，一同出洋读书。年轻的时候，真是无往不前啊。可是，怎么说呢，中国不是有一句古话，水能载舟，亦能覆舟，像她这样性格的人，有着太多的热情，我终究满足不了，所以，后来——

长　安：（真心地）好人好报，童先生一定能找到贤良的妻子。

童世舫：我本以为是这样，可是今天却又没了信心。

长　安：（吃惊地）为什么？

童世舫：因为受了姜小姐的拒绝。

长　安：哦。童先生这样器重我，其实我是不配，真不配的。

童世舫：不，不，不！姜小姐——

长　安：真的，我说的是真心话！

童世舫：姜小姐，我也说一句真心话——

长　安：你说——

童世舫：我为你感到——惋惜。

长　安：（因触到痛处，变得凶悍起来，逼问道）惋惜什么？

童世舫：惋惜——

长　安：惋惜什么？

童世舫：婚姻——

长　安：（酸楚地一笑）童先生，你是在笑话我，笑话我老姑娘，嫁都难嫁，本来是天上掉下的好事，却叫我轻轻一松手，放了。

童世舫：不，不，我并不是这样想。

长　安：你就是这样想！

童先生：的确不是这样想！

78

长　安：你果真这样想。其实，童先生，我可惋惜的何止是这一桩，读书半途而废是一桩，长得不好看是一桩，年龄大了是又一桩——

童世舫：那你为什么不抓住机会，抓住我这个机会？你要我说真话，我就说真话。倘若放在数年前，我正是被激情迷惑着，先是和那女同学狂热着，然后是为失恋狂热地痛苦，再是为了遗忘而狂热地读书，时间就在狂热里逝去。终于平静下来，我想，我还是比较适合旧式的妻子。这时候，认识了你，姜小姐——不怕你生气，我说句实话，姜小姐，你也过了适嫁的年龄，自然是有你的理由，我不知道，也不想知道，我只知道，我和你，这样的两个人，在这样的时候遇着，照中国古老的说法吧，是缘分。

长　安：（啜泣着）可你是只知其一，不知其二。

童世舫：（沉浸在自己的述说中）我再说一句狂妄的实话，大丈夫何患无妻。我，一个男人，总是有出路的，可是你——光阴似箭，过的时候不觉得，过去了，蓦一回首，人何以堪啊！我不是强求你，我只是惋惜，为你惋惜，你要生气我也顾不上了。

长　安：我凭什么生气，你说的都是为我着想的话。我只是没有福分。

童世舫：你总是看轻自己，为什么？

长　安：我也不知道，我就是觉得自己没什么的，什么都算不上。

童世舫：我倒是觉得你很有意思。

长　安：童先生，你是笑话我，我什么都不懂，什么世面也没见过。

童世舫：我就是觉得这很有意思，因为没见过什么，不懂什么，倒反而不是鹦鹉学舌，可以说出自己的见地。

长　安：（不好意思地笑了）你又嘲笑我，我能有什么见地？

童世舫：每个人都有每个人的见地，你的见地——

长　安：是怎样的呢？

童世舫：就是——

长　安：就是什么？

童世舫：（自己先笑了）就是没见地。

长　安：（也笑）童先生，原以为你老实，想不到也很坏，不过你坏得也老实。

童世舫：什么叫坏得老实，不是很矛盾。

长　安：我不懂什么矛盾不矛盾，我只觉得童先生说了一句坏坏的老实话。

童世舫：你看，这就是姜小姐的见地了。

长　安：被你这样一解释，我自己也觉得自己挺有意思的了。

【天忽然下起雨来，两人退回到亭子里，一同望着天。

长　安：（幽然地）童先生，今天原本是来与你了断的，不料想，却说了多过平时的话，好像，从今天起，咱们才认识似的。

童先生：是啊，没有婚姻的约定，彼此仿佛都轻松了些，倒像是做起朋友来了。

长　安：童先生，你是说做朋友吗？

童世舫：是的，我是说做朋友。

长　安：就像先前与那个热情的女同学一样的朋友？

童世舫：是的。姜小姐你不高兴了？

长　安：不，我很高兴，我，从来，从来也没有朋友。有个朋友多好！

童世舫：我愿意做你的朋友。

长　安：你是我的朋友？

童世舫：（抬起手臂扶住长安肩膀，轻轻在她头发上吻了一下）我是你的朋友。

长　安：（喜极而泣）童先生，谢谢你，请再亲我一下。

童世舫：（再亲了一下）

长　安：谢谢你，童先生。

【童世舫再亲一下，两人终于相拥在一起。

第四场

　　台口阳台上空寂着，只晾了水淋淋的半匹黑绸，是浸了缩水的。隔壁的女佣上来伸了几次头，见小双不来，便百无聊赖地嗑瓜子。市声嘈杂，卖报、卖花、卖面包、白糖年糕、桂花糖粥，然后一声高喊：响——爆米花机一声"嘭——"，阳台处灯灭，七巧家亮。

　　曹七巧家，八仙桌拉开了，摆出待客的碗盘杯盏，宾客有大爷大奶奶，三爷三奶奶和女儿长馨，曹七巧独坐一面。今天是她为长安举办的订婚宴，照说是喜事，她却像发丧似的，依然穿一身黑，手边放着木鱼，随时念几声佛，很虔诚的样子。此时，她半闭眼睛在念佛，众人们就静等着，念了一阵，方才结束。

曹七巧：大哥大嫂，近来可好？三爷呢，长久不见了，您真是发福了！三妹妹好，长馨，也好。今日大家来，替长安订婚捧场，是给她面子，也是给我面子，怎么说她也是姜家的人，姜家的骨血啊！白哥儿到北边做生意去了，他能做什么生意？不过是钱打水漂玩，由他去吧！他不在，显得长安娘家这边的人太单薄了，所以就累大家的腿了！

大奶奶：这是应该的，长安定亲是好事情，二妹妹该早告诉我们的。

曹七巧：（笑）不瞒你们说，我也是方才知道呢！其实都有一段时间了，你们知道，我这个身子，自己顾自己都来不及，哪顾得上问她？就听人说，在什么公园里看见长安，和一个先生在逛；什么电影院里，和一个先生看电影；又是什么咖啡馆里，和一个先生谈话。我略一留心，果然见这丫头常不在家呢，问老妈子，老妈子大约给买通了，一个个装聋作哑，还替她打幌子。要问她自己呢，唉，自从和那姓童的不好了以后，她就算与我结上仇了，能有一句实话也好。就这样，被她瞒得铁桶似的。心里却是犯愁，可别闹出什么见不得人的事情了，要那样，我和她哥哥怎么做人？就连姜家的名声，都要受玷辱。这一日，从下午起就不见了人影，我就在后门口守着，守到晚上，大小姐终于进了门，我就追着死问她。我说，我又不是要问你的罪，你躲我什么，我好歹生你出来，养你这么大，我是你的妈，你的婚事，并不是你妈延误你的，当初多少好的都不要，今日里，你自己有了相好的，妈也不怪你。不过，再怎么世道变迁,你们姜家这样的世家,总要有个规矩,讲的是明媒正娶。你告诉我,那人究竟是谁,妈替你做主。说着,她就哭了。

大奶奶:那位先生究竟是谁呢?

曹七巧:你们猜猜,谅你们不会猜着。

长　馨:(好奇地)二婶,是谁啊?

曹七巧:(看一眼长馨)还是童先生。

【众人大异。

长　馨:安姐姐不是已经和童先生分手了吗?

三奶奶:以后的事情就和长馨无干了。

长　馨:看来他们还是好的。

姜季泽:(责怪地)长馨,你只要管你读书,其余的事少管,尤其是你二婶家的事,格外地不要管。

曹七巧:三爷,这又是为什么?就好像曾经吃过我什么亏似的!咱们家的事怎么了?不光彩?配不上长馨的身份?

长　馨:二婶,您别生气,我是真心替安姐姐高兴。

曹七巧:长馨是个好孩子。

大奶奶:(解围地)这样很好,童先生毕竟是知根知底的,先前也做过媒,今天再定亲,也很合规矩。

长　馨：安姐姐呢？我去看看她。

曹七巧：（拦住）长馨不必催你姐姐，她啊，还有一会儿呢！

大奶奶：今天是安姐儿的好日子，哪能急煎煎的！

曹七巧：唉，早不嫁，晚不嫁，偏赶着这两年钱不凑手！明年若是田上收成好些，嫁妆也还整齐些。

三奶奶：如今新式结婚，倒也不讲究这些了。就照新派办法，省着点也好。

曹七巧：什么新派旧派？旧派无非排场大些，新派实惠些，一样还是娘家的晦气！

三奶奶：二嫂看着办就是了，难道安姐儿还会争多论少不成？

【众人笑。

曹七巧：（冷笑）就怕外人说闲话，以为肚子里有了搁不住的东西是怎么着？火烧眉毛，等不及地要过门！嫁妆也不要了！

【方才有些缓和的气氛，此时又沉寂下来。曹七巧合上眼睛，敲了阵木鱼。童世舫上。

童世舫：这里是姜家的府上吗？

【众人回头，注目着他，长馨首先迎上去。

长　馨：（欣喜地）童先生，是你吗？真是你吗？

童先生：（也很高兴）原来长馨也在这里！好久不见！

长　馨：原以为童先生销声匿迹了,其实是躲着我们哪!想来我们真是没眼色,偏要做你们的电灯泡。

童世舫：(不好意思地)哪里的话,确不是有心的。怎么说呢?还是用中国的古话:有意栽花花不发,无心插柳柳成荫。

长　馨：照这样说,我这个大媒就是白做的了!

童世舫：(搓着手,不晓得说什么好的样子)哪里的话!我,我真地很感谢你呢!(忽然很认真地向长馨作了一个揖)

长　馨：(笑)和你闹着玩的,来,见见丈母娘。

【童世舫被长馨推到众人跟前,曹七巧这才停下手里的木鱼,缓缓抬起头,看着童世舫。

童世舫：(深鞠一躬)伯母好。

曹七巧：哦——童先生请坐。

大　爷：请坐,童先生。

大奶奶：请坐,童先生。

三奶奶：童先生,请坐,这都是自己家的亲戚,大伯父,大伯母,不必拘束。长安呢?长馨去看看你姐姐,说童先生到了——

曹七巧：(咳了一声)由她慢慢地去,童先生已经不是外人了,是吗,童先生?

童先生：（略有些不知所措）是的，伯母。

曹七巧：（奇怪地笑了一声）

姜季泽：童先生请坐，请坐。（向外对女佣）快来热酒。

【小双上，热酒，斟酒。童先生茫茫然地，只得入座。

姜季泽：童先生是从外洋来的，口味大约已经变了，不晓得还能不能吃惯中国的酒菜？德国的菜以哪一味著名，据说有一道"咸猪手"很好，是不是，童先生？

童世舫：（敷衍地）我平时也不大吃德国菜的。

姜季泽：（饶有兴趣地）哦？那么，童先生吃什么菜呢，听说在外洋的中国菜大多变了味。

童世舫：按最简便的吃，读书的生活也是紧张得很。

姜季泽：可是，再怎么说，牛排总归吃过一两回吧，听说带着血呢！

童世舫：其实也并不那么可怕，十分鲜嫩的。

姜季泽：（哈哈大笑，点着童世舫）说漏嘴了吧，童先生还是很内行的。再说说看，还有哪道菜是好的，咸猪手如何？

曹七巧：童先生，你提防着点这位三爷，他嘴上说着吃猪蹄子，说着说着就将人蹄子吃进肚里了。

姜季泽：二嫂老是损我，就像我吃过你似的！

曹七巧：你敢！

姜季泽：不敢。您请我吃也不敢，您的肉酸！

曹七巧：（笑）童先生，你听听，咱这一家就是这样没规矩，不分个上下长幼，不知道的就当我们轻薄。童先生是新派人，不会在意吧！

童先生：（更觉不知所措）是的，伯母。

姜季泽：听说那些洋人连父亲母亲都不称呼，直呼其名，玛丽，或者威廉。不像咱们这里，隔了多少房，称呼都不乱的，所以就有三岁的爷爷，七十岁的孙子。

曹七巧：其实也都是自己骗自己，上下五千年，人就像鱼撒籽似的漫天漫地都是，谁认识谁，这是不好查，要好查，准能查出叔叔娶了侄女儿，奶奶嫁了外孙子的！

大奶奶：（听不下去了）你们说得忒离谱了，童先生，您不要见怪。

曹七巧：大嫂你别拿童先生当外人了，童先生早已经和长安不那个了，是吗？

童世舫：（都有些昏然）是的，哦——伯母，您的意思，我不很明白。

曹七巧：这有什么不能明白？

三奶奶：（解围地）二嫂的意思是童先生是自己人，不必见外的。

大　爷：（强忍着反感）三弟，你安静些不好吗？童先生是个斯文人，哪里见过这泼户样的。

曹七巧：大哥，你明里说三弟，暗里不就是说我吗？

大　爷：我并没有提及你一个字。

曹七巧：可是，泼户这两个字分明是对了我来的！你们姜家是世代书香，如何会是泼户呢？

大　爷：我不和你对嘴，我是和我兄弟说话呢！

长　馨：今天是安姐姐的好日子，怎么吵起来了！

三奶奶：安姐儿呢？都到什么时辰了，（坚决地）我去叫！

曹七巧：再等等，她再抽两筒就下来了。

童世舫：（惊了一跳，脱口地）抽两筒什么？

曹七巧：这孩子就苦在先天不足，下地就得给她喷烟。后来也是为了病，抽上了这东西。小姐家，够多不方便哪！也不是没戒过，身子又娇，又是由着性儿惯了的，说丢，哪儿就丢得掉呀？戒戒抽抽，这也有许多年了。吃菜，三弟，斟酒。

童世舫：说的是鸦片烟吗？

长　馨：（急切地）安姐姐已经戒了，自从认识童先生你，安姐姐就戒烟了。

曹七巧：（笑）那是在人前，人后呢？我供得起，童先生，您放心，我的姑娘，我供得起这癖好。

三奶奶：（一回头）安姐儿来了。

【不知什么时候，长安悄然而上，童先生看着她，只觉惊愕。

长　馨：安姐姐，你怎么才下楼，童先生都来一会儿了。

长　安：老妈子刚上来禀报，说童先生到了，我立时就下楼来，还是让童先生久等了。

曹七巧：你们看，好心换来驴肝肺，我是想让姑娘拿点架子，别叫人家觉得，火烧眉毛，等不及的样子，她倒怪我告知晚了，难不难做人！

长　安：童先生，你来了？

童先生：是的，姜小姐。

长　安：你已经认识我母亲了？

童先生：是的，姜小姐。

长　安：我同你说过，你不会明白我母亲的，现在你明白了吗？

童先生：（不认识似的看着长安）姜小姐——

三奶奶：安姐儿，入席吧，我敬你们一杯。

大奶奶：我也敬一杯。

三奶奶：你们俩也敬母亲一杯。

【两人都有些迟疑。

曹七巧：不必了，你们知道，我不能沾酒，别白受了二位的大礼！

大奶奶：只是个意思。

【两人迟疑地举杯，却被曹七巧坚决地阻住了。

曹七巧：我说不必就不必，我横竖是受不起的。

三奶奶：（解围地）那就过礼吧！安姐儿，把手伸出来，让童先生戴上结婚戒指。

【两人都不动，最后是三奶奶强行拉住长安的手，递到童世舫手里，长馨则像搜身似的从童世舫身上搜出戒指盒，取出来，套在长安指上。大奶奶又从案子上取来早就备下的丝绒文具盒，送给童世舫，算作是女方的礼。订婚的仪式就算完成了。众人重又坐下，继续用酒菜。那两人始终木木的。

曹七巧：（笑）看这两人装什么样？就好像头一回见似的，难道害臊不成？

大奶奶：二妹妹，适可而止吧，别让孩子们难堪了。

大　爷：童先生，你喝酒，新烫的竹叶青。

姜季泽：对，童先生，咱们喝咱们的，她发她的失心疯去！

曹七巧：（勃然大怒）你是在说谁呢？哪个发失心疯？

三奶奶：二嫂别生气，他这人说话从来托不住下巴，加上喝了几杯，就更不作数了，你是知道的。

曹七巧：我知道？我凭什么知道？你的男人，我知道什么？听你的话，就好像我和你男人有什么似的！

三奶奶：（也气恼起来）你和他有什么，要问你自己，也别当我看不见这里的鬼，不过不想说透了大家难堪。从我进姜家第一日起，你就没和他安生过，背地里不知道，人面前话来话往的，里面的由头，你们自己最清楚。

曹七巧：三爷，你清楚吗？我可是不清楚？你媳妇忽然吃起了醋，倒叫我摸不着头脑了。我和你有什么由头吗？你倒是说说看！

长　馨：二婶，能不能自重些呢！童先生在这里坐着呢。童先生纵使不是安姐姐的男朋友，也是我同学的表亲，多少还要顾及我的面子。安姐姐得罪你了，该受你作践，我可没有，我又不是你生的养的，凭什么要连累我？

曹七巧：我倒忘了，这里还有一个未出阁的小姐呢！连长馨都觉得我辱没姜家的门第，生怕带累婚事了。我一辈子守寡，守了活寡，又守死寡，没落到个好，倒守出一身的寡气，沾谁谁出不了阁，你们就躲得我远远的吧！（拍桌子）我那个男人啊，活着时像死的，死了倒阴魂不散，带得全家人晦气。

大　爷：二弟是个亡故的人，你骂他骂得如此阴毒，于你有何益处？再讲他也是你的男人。

曹七巧：（冷笑）哟，我的大爷，这可是您自己和我对嘴的，就不怪我不客气了，我就想骂他，怎么着了？我骂了！

大　爷：（气极）骂他就是骂你自己！

曹七巧：我骂你们姓姜的全家！

长　馨：（哭着，对她母亲）咱们走吧，根本就不该来的！

三奶奶：我早对你说过了，她家的事万万不能沾手！

姜季泽：（咬牙捋袖地）大哥，让我抽这娘们！

【大爷来不及阻住，曹七巧已经一头扎进姜季泽怀里。

曹七巧：你抽，你抽！你要不抽不是汉子！

【她球在姜季泽身上，任怎么挣也挣不脱，姜季泽无限地尴尬，众人极力去拉，她就是不松开。

曹七巧：（紧抓住姜季泽，仰脸看着他）三爷，三爷，我的三爷！我就是要你抽我，我想你抽我，我想得牙痒痒的，皮肉也痒痒的。你怎么不下手啊！我都等得心焦，心都焦烂了，我日里等，夜里等，等过三更盼五更，等过五更盼天明。你真是狠啊，你就是不下手，你要干脆不下手也好了，你却是还引我，要抽我，抽我。我就是欠人抽呢！

姜季泽：（几乎是告饶地）你这是何苦呢？放手，放手啊！

曹七巧：你不是要抽我吗？你还没抽呢！求你三爷高抬贵手，抽抽我这身子吧！这身子，原先也是热的，活的，知痛知痒的，圆滚滚的胳膊，玉镯子在手腕上箍着，连条洋绉手帕都塞不进，如今，你顺着往上推，推，推，一直就推到胳肢窝下面了。（咯咯地笑了，瘫倒在地，却还是不放开姜季泽）这身子干了，死了，凉了，就靠三爷的手，将它抽醒呢！

姜季泽：（要哭的样子）大哥，她是疯了！

曹七巧：我是疯了，我就是个疯子，我进你们姜家的门，就是个疯子。这本来就是个疯人世界，丈夫不像丈夫，小叔子不像小叔子，你们就来铐我吧！你们用黄金的锁铐住我，我就要用这黄金的锁，劈杀几个人，没死的也送半条命！我晓得，我儿子女儿恨我，我婆家恨我，我娘家恨我，我就是要你们恨，恨毒了我，恨死了我，单是你们的恨就可以灭了我，还用得着三爷你抽吗？

【终于软弱下来，姜季泽得以脱身，女眷们扶起她，扶到椅上坐下，她半昏半睡地软在椅上。众人悄然离开，下场，只余童世舫和长安。两人相对无言，忽然身后响起"笃"的一声木鱼，两人惊一跳，回头。

曹七巧：童先生，我身上乏了，就失陪了。长安你陪童先生多喝几杯。

童世舫：伯母您歇着，改日我再面谢吧！

曹七巧：童先生执意要走，也就不留你了，让长安送送吧！

【两人无语相向，停了一会儿，长安从手上捋下戒指，交还童世舫，童世舫接过，长安深深一躬，童世舫转身下。长安忽然歌唱起来——

长　安：Long Long Ago——

【曹七巧的木鱼，给她的歌声打着奇异的节奏。曹七巧站起身，敲击木鱼，走到长安身边，窥探她的脸。长安就看着她，依然唱着，木鱼依然敲着。长安向她步步逼近，她则步步后退，终于忍无可忍——

曹七巧：（害怕而且愤怒地）你这个鬼！滚！

【长安转过身，唱着歌下场，曹七巧继续击着木鱼，像是进入梦魇，不知多少时间过去，光线变得昏暗，忽然惊醒，四周看看——

曹七巧：（惊恐地）人——呢？

楼下传来小学生诵读声。

读书声：

晚上，弟弟说，哥哥，太阳出来了。

这个是月亮，不是太阳，太阳早上出，月亮晚上出。

弟弟听了我的话，说，好月亮，大家来看呀！

妈妈走来看，姐姐走来看，妹妹走来看，小白猫也走来看。

窗子外，月亮圆，像个球，像个盘。

像个球，我来玩，像个盘，我来端。

【读书声里，渐渐掺杂进无线电的声音，街贩的叫卖声。灯暗，台口阳台灯亮，小双走出，收去那块黑绸，看着天，叹息一声。

小　双：说来奇怪，那么多年过去了，人也变了，事也变了，这月亮，却还是原先的那一个。我们家奶奶，我是从小跟她的，替她想想，也可怜！想她做姑娘的时候，高高挽起了大镶大滚的蓝夏布衫袖，露出一双雪白的手腕，上街买菜去。单只那条街上，喜欢她的就有肉店里的朝禄，她哥哥的结拜弟兄丁玉根、张少泉，还有沈裁缝的儿子。说是喜欢她，大概也不过是喜欢和她开开玩笑。话再说回来，如果她挑中了他们中的一个，往后日子久了，生了孩子，男人多少会对她有点真心！现在，说什么都晚了。

【幕落。

——剧终

三稿于 2004 年 4 月 10 日

（香港焦媛剧团专有演出）

色，戒

陸梅

第一幕

第一场

　　国泰电影院放映间,王佳芝与邝裕民,并排面对观众席,之间是电影放映机,射出一柱黑白光影。远远地,从观众席上回响着电影的对白和音乐,大约是美国好莱坞的影片,偶尔会有一句清晰入耳,整体上却有一种苍茫,反使得这两人的说话声显得格外寂寥,幽山深谷中似的。

邝裕民:为什么躲着我们?

王佳芝:你们怎么找到我的?

邝裕民:为什么躲着我们?(强硬地)

王佳芝:你们怎么找到我的?(毫不退让,强硬中却有一种委屈)

邝裕民:(略和缓下来)费不少周章,先到你家寻,你妈说你住到
　　　　　姨妈家去;再去姨妈家寻,又说住进陆家浜路清心堂圣诞

学校；找了去，却说校长嬷嬷回美国，学校也关门了；只得重新去你家，你妈直是不肯说，漏了一句"不让对人说"，就晓得有意躲我们。

王佳芝：（冷笑一声）

邝裕民：本已经断了线，不料老梁——

王佳芝：别提他！

邝裕民：（定了一时）有人碰巧在霞飞路上看见你——

王佳芝：你们跟踪！

邝裕民：并不是有意的，正巧看见——

王佳芝：你们跟踪我！

邝裕民：说过了，是碰巧！

王佳芝：跟踪！

邝裕民：跟踪了，又怎么样？（强硬起来）

王佳芝：卑鄙，天杀的暗杀团！

邝裕民：（握住她手腕）住嘴！

王佳芝：天杀的暗杀团！

邝裕民：看见你走进雁荡路，又见你转进一扇门，门口张着妇女补习学校牌子，就猜你住在那里，老梁不敢喊你——

王佳芝：不要提这个名字，不要让我听见这两个字！

邝裕民：——于是转回头报告了我。（松开王佳芝的手腕）

王佳芝：报告你？

邝裕民：是的，报告我。

王佳芝：我就知道你是头，暗杀团的头。

邝裕民：你也是我们中间的一员。

王佳芝：（激烈地）我不是！

邝裕民：你是！

王佳芝：不是！

邝裕民：在香港——

王佳芝：我没去过香港。

邝裕民：（兀自说下去）香港沦陷前，岭南大学搬到香港，剧社演出郭沫若的《棠棣之花》——

王佳芝：我没去过香港。

邝裕民：我演聂政，你演聂嫈。

王佳芝：（安静下来）聂政和聂嫈？那是一对双胞胎姐弟。

邝裕民：（兴奋地）你有一幕着男装，扮起来英气逼人，又格外妩媚。

王佳芝：你不服，偏偏穿了女装，竟然比女孩儿还秀气。

邝裕民：有一晚，我们悄悄反串了角色，你演聂政，我演聂嫈，竟然瞒天过海，剧终时候才发现，这就看出来了，我俩原来有些像呢！

王佳芝：（转脸深看他一眼）你有些变——

邝裕民：哪里变？变得怎么样了？

王佳芝：（沉思着）说不出来。

邝裕民：演出完，大家一同去将军舻船家宵夜，吃及第粥。

王佳芝：好兴奋哦，人在戏里头出不来似的，心里一股劲地鼓噪——

"去吧，兄弟呀！

去吧，兄弟呀！

我望你鲜红的血液，

迸发成自由之花

……"

邝裕民：（和上歌声）

"开遍中华，

开遍中华！"

王佳芝：（忽止住）可是我没去过香港。

邝裕民：（止住歌，一下子站起身，胶片断了，声光影像皆停，有一刻静默，然后观众席中嘘声起来，随又接片，续上，坐回来，电影继续，情绪也克制住了）船头挂一盏红灯笼，在粥锅的热气中，融成团团的光，光里是你和我，以茶代酒，喝了个交杯，立下誓言——

王佳芝：（恍悟道）我知道你变得像什么了！

邝裕民：像什么？

王佳芝：像老梁。

邝裕民：（先恼极，后又好笑）哪里像老梁？

王佳芝：色！

邝裕民：色？我色吗？我色在哪里？

王佳芝：说你色，你就生气。

邝裕民：我没有生气。

王佳芝：你生气了。

邝裕民：我没有。

王佳芝：没有就没有，何必这么激动！

邝裕民：只是吃了一惊！

王佳芝：（轻叹一口气）我知道你是看不起老梁的。

邝裕民：都是革命同志，谁看不起谁？

王佳芝：革命？同志？

邝裕民：他真心抗日，抗日需要做什么，就做什么。

王佳芝：所以就让他做了我？

邝裕民：（大大震一下，却按捺住）当时不是说好了的，你是麦太太——

王佳芝：是麦太太，必不能是姑娘身——

邝裕民：要让姓易的觉出来，不是玩的，易先生可是老手！

王佳芝：所以非是个破鞋不可！（激愤起来）

邝裕民：不许这么说！

王佳芝：你们起哄捧我出马，早已经有人别具用心了！

邝裕民：住嘴！

王佳芝：我傻，反正就是我傻！

邝裕民：（又一次握住她手腕）许多同志连性命都丢了！

王佳芝：为什么不能是你呢？你来做我！

邝裕民：（一惊，松了手）这是什么话！

王佳芝：要是你多好！

邝裕民：大敌当前，万众一条心，需要你，我，每一个人作出牺牲。

王佳芝：要是你，我就不悔了！（拉住他的手，却被甩开了）现在你嫌我不干净了。

邝裕民：老梁是我们中间，唯一有经验的。

王佳芝：什么经验？不就是"色"嘛！

邝裕民：（低声，有一种痛楚）既然已经这样，不如将事情做成，也罢了！

王佳芝：那一回，依了你们，什么都做了，不料那个老狐狸突然离了香港，招呼都没打一个，功亏一篑，是天不成就，不怨我。

邝裕民：这么说，你还是去过香港的！

王佳芝：（起身要走，被邝裕民拉住手）

邝裕民：（几乎是哀求地）易先生离开香港，本想回南京组织政府，却没组成，一直就在上海，看起来仿佛做寓公，其实呢，在汪精卫幕府里——

王佳芝：这与我有何干系？

邝裕民：你不是麦太太吗？

王佳芝：麦太太居然还活着！

邝裕民：小麦在香港不规矩，生意又破产，麦太太一是罚他，二是跑单帮挣些家用，就来到上海——

王佳芝：这么好的故事，怎么编出来的？

邝裕民：老吴设计的。

王佳芝：老吴？

邝裕民：老吴是组织里的人，听说我们有路子通易先生，很高兴——

王佳芝：又出来个老吴！

第二场

书场，易先生，易太太，还有王佳芝，围方桌坐，面对观众，有琵琶声声传来，身后是一幅门帘。

易太太：东西拿出来瞧瞧呀！

王佳芝：真的拿不出手，都是些零碎，不过赚点葱姜钱。

易太太：现在的市面，葱姜卖出参价钱，谁也不敢小瞧。

王佳芝：易太太是挖苦我们跑单帮吧，其实只赚个脚钱，一路上的风险很难对外人道的。

易太太：又倒苦水！

王佳芝：不好意思，易太太是富贵之人，听不得这些陈谷子烂芝麻。

易太太：（笑）再不拿东西出来，我要动手抢了啊！

王佳芝：（无奈将包打开，一件一件取出摆在茶桌上）让易太太见笑，是旺角油麻地的地摊货罢了。香港在上海人眼里，本来是个乡下，这两年憋急了，只好屈就下来，都还走俏得很。

易先生：（忽然转过脸去）香港怎么样？

王佳芝：开战那一日吓人得很，巴丙顿道近处不是有一座科学试验馆？屋顶上架起高射炮，流弹不停地飞过来，尖溜溜一声长啸，然后"砰"地落下地去，天就像被剪子剪碎成一条一条，寒风中欶欶地飘动——

易先生：（微笑）麦太太不愧是学文学的出身。

王佳芝：（天真一笑，越发起劲）这还不算什么，高射炮引来飞机，飞机营营地在顶上盘旋，吱吱吱，绕一圈又绕回来，吱吱吱，绕一圈又绕回来，像牙医的螺旋电器刀，一劲往耳朵里钻——

易太太：（仔细检看桌上的东西）这两双丝袜我要了。

易先生：后来呢？

王佳芝：（停了一下）后来，就停战了，陷落了。

易先生：再后来呢？

王佳芝：（认真想一想）就又过起日子来了。

易先生：（不禁又一笑）说得有趣。

王佳芝：（认真地反驳）哪里谈得上有趣，一会儿停电，一会儿停水，一会儿再停瓦斯，四处残垣断壁，人就像在梦魇里，死气沉沉。

易太太：（忽然地）小麦还好吗？

王佳芝：（又停了一下）还活着！先前海路不通，美国的黄豆过不来，他的油又过不去澳洲，然后轰炸时候库房也炸飞了，钱更是不凑手，索性停了生意，就闲下来了。

易太太：小麦年纪轻轻，如今不过是蓄势待发，局面平靖了，自然东山再起。

王佳芝：闲日子最会消磨意气，怕只怕局面好起来，人却烂下去，这不已经学会泡舞场、捧舞女了？

易太太：（扑哧一笑）小麦有这么漂亮的太太，还不知足，不过男人多半是眼富肚饱，贪多嚼不烂。

王佳芝：我反正看也不要看他，去过那种地方，就沾了一股子污秽气。

易太太：我还没看见过小麦呢，必是金童，方可配得玉女！

王佳芝：易太太在香港时，他恰巧去澳洲谈生意了，否则一定要拜见的。

易先生：麦先生的原籍在哪里？

王佳芝：（内心紧张，表情却很自然）原籍广东，其实在上海生，上海长，大学毕业后，随一个亲戚学做生意，去了香港。

易先生：麦太太是——

王佳芝：我们是大学里的同学。

易先生：五四式的婚姻！

王佳芝：也不全是，两家的大人早年就来往。

易先生：哦。

易太太：这两瓶红花油我要了。

王佳芝：易太太关照我生意。

易先生：你干妈是西瓜也要，芝麻也要。

易太太：怎么就叫上"干妈"了？王佳芝，我有那么老吗？（转向易先生）咦，不是说有公务，只能听个开篇，怎么就一径坐了下来？

易先生：今天的书好，公务可以缓一缓。

王佳芝：今天的书好在哪里？

易先生：好在"别姬"这一出。

王佳芝：我是不大懂的。

易先生：你们女学生多是喜欢电影。

王佳芝：电影比较好看。

易先生：那是罗曼蒂克，不像中国的艺术，是人情之常。

王佳芝：人情之常又是什么？

易先生：（饶有兴致地）你看，垓下之战，四面楚歌，虞姬为什么要狠心与霸王诀别？

王佳芝：（天真地）不知道。

易先生：还不是为了断霸王的后顾之忧？两军对垒，兵败一方，姬妃们无一不沦为奴婢，任军中侮辱糟践，虞姬这一自刎，保全自己的名节，更保全了霸王的威严，何等的善解！

王佳芝：女人爱男人总是甘于牺牲的。

易先生：（哈哈大笑）麦太太说是身为人妻，其实还是个女学生！

易太太：（忽然地）龙虎万金油我全要了！

王佳芝：（惊讶地）好几盒呢！虽然放得起，到底也没大用途的。

易太太：我不是买来当药用，是当牌桌上的筹码！是不是很别致？

王佳芝：很别致。

易太太：万金油不是辣吗？就胡得出辣子！

王佳芝：哦。

易太太：这两天手气不好，独是廖太太一个人赢，自己都觉得说不过去，昨天在"蜀腴"请客。你说巧不巧，碰到小李和他太太，也在大请客，结果两桌拼一桌，添了无数椅子，还是挤不下，廖太太只得坐在我背后，就像我叫来的"条子"，我说大家看，漂亮不漂亮？她说老都老了，还吃我的豆腐，我说麻婆豆腐是要老豆腐嘛！哎哟，都笑死了！

（易先生和王佳芝也笑，笑得很应付，当易太太说话时，这两个听客似乎形成一种默契）

易太太： 女人家一桌麻将，八只手在牌上摸，好比戒指展览会，马太太的钻戒是三克拉，廖太太五克拉，品芬是只火油钻，十几克拉，（向易先生）你不肯买给我，让品芬买去了！

易先生：（醒过来似的应上话去）那不是戒指，是鸽子蛋，戴在手上牌都打不动了。

易太太： 不肯买还要听你这些话！

易先生： 你们女人家懂什么，光知道要个头大，克拉多，其实钻石上品下品不论这些的。

易太太： 你说论什么？

易先生： 论的是切割。

王佳芝： 切割？

易太太： 怎么说？

易先生： 切一刀，两个剖面；切两刀，四个剖面；切四刀——

易太太： 八个剖面——

王佳芝： 十六剖面！是以几何级数增长。

易先生：（微笑）

易太太：（语带讥讽）到底是女学生！

易先生： 剖面越多，收进来的光就越大程度反射出去，浪费越少！

王佳芝： 听起来就像女人的心思。

易太太： 我们易先生是很懂得女人心思的。

易先生： 那钉子尖大的一粒钻，即便在黑暗头里，都能将丝丝缕缕的亮全收进来，再全放出去，光芒四射！

易太太： 我们家先生今天也成了罗曼蒂克的学生，男学生！

第三场

"绿衣夫人"时装店的试衣间，面对观众是一面落地大穿衣镜，两边垂幔，王佳芝坐在矮脚凳上，看易太太试衣服，试的是一件黑呢斗篷。

易太太： 打仗了，信息不通，不晓得巴黎伦敦流行什么，东方不亮西方亮，倒兴出些本地的时髦，这斗篷，像不像一口钟？

王佳芝： 有一种稚气的庄重呢！

易太太：什么庄重，不过是重庆带过来的风气，其实是官气。

王佳芝：可是上海这地方，自来是商埠，俗气重，官气至少是有排场，气度大。

易太太：王佳芝最会说话了，我家先生没说错，学中文的就是善辞令。

王佳芝：人家说的是真心话。

易太太：气度是气度，可廖太太、马太太、小李太太，还有品芬，都是这么一身，忒没个性了！

王佳芝：（打量并思忖着）或者，大口袋去掉，试试好吗？（起身将口袋揭去）

易太太：这样比较清爽。

王佳芝：装饰多了会显得CHEAP，还是要做减法，垫肩去掉，翻领也去了，翻领下的双行金链子也摘了。（将这几项一一去除）

易太太：（略有疑惑）会不会太清爽了！

王佳芝：索性什么都没有，走极简路线，风格就出来了——纽扣改暗扣。

易太太：（终于惶惑起来，微微反抗道）我想，纽扣总要的吧，人家都有的！没有，好像有点滑稽。

王佳芝：（不禁笑起来）

易太太：笑什么？你敢笑我啊！（也笑，神情很天真）

王佳芝：（更笑了）

易太太：（追上去作势要打她）你还笑！

王佳芝：易太太一下子变得很小，小得像个娃娃，俄罗斯套娃！

易太太：（笑）王佳芝最坏了！（两人纠缠一团，不料被衣片上的别针刺了手，方才松开）

王佳芝：或者做成立领？

易太太：（脱下大氅，果决而豪放地）不要了，横看竖看不入眼！（丢在一旁，又从待试的衣架上取下一件旗袍）

王佳芝：（帮着易太太解身上旗袍的扣子，行动中，手指上有什么很锐利地一闪）

易太太：（一下子捉住她的手）哟，粉红钻石，看光头，至少六克拉！上回还没见你戴呢！老实交代，从哪里来的？

王佳芝：那个人给的。

易太太：哪个人？

王佳芝：还不是小麦！

易太太：（将她的手指一放，冷笑）老夫老妻的，会送这一款的钻戒，亦忒罗曼蒂克了，更像是名分外男人的礼物！

王佳芝：除了名分内的那一个，还会有什么外面的，都黄脸婆了！

易太太：（冷笑）王佳芝你是在说我吧，黄脸婆怎能轮到你？

王佳芝：勿关黄脸不黄脸，真就是小麦给的。

易太太：前回还说夫妻不和睦，转眼间钻戒就出来了，叫人怎么相信？

王佳芝：就是因为做下了亏心事，才来卖好的。前几天特特来一趟上海，要接我回去，顺便进了些玻璃珠子，说从此改邪归正，竟然做起了针眼大的小买卖，连我都瞧不上眼，谁信他呢！可是不要白不要，我不要他倒给了别人，所以就说，东西留下，人呢，暂时还不能跟他走，他只得悻悻然地一个人回去了。

易太太：（略信了些，叹一口气）少年夫妻，吵架怄气不隔夜的，到好就收，别拿得太过了，俗话说：大意失荆州。

王佳芝：我是无所谓的。

易太太：你是嘴硬，真无所谓，就不赌这口气了！（忽然兴起，去解王佳芝的旗袍扣子）你来试试这一件。

王佳芝：这怎么能，是依着你的身子剪裁的。

易太太：王佳芝，什么意思，你我身上差那么远吗？

王佳芝：（不好再推，只得解旗袍扣子）这金银织锦软缎，一派富丽华贵，没有底气怎么撑得起来？

易太太：你又在骂我俗艳！

王佳芝：我还敢说话吗？

易太太：（笑）那么就住嘴！

【说话间，王佳芝脱下身上的旗袍，露出里面的粉红乔琪纱衬裙，易太太忽然抛下待试的旗袍，双手从身后托住王佳芝的乳房。

易太太：两年前也还没有这样呢！

王佳芝：（一惊，掩饰住不安，勉强笑道）这样是怎样呢？

易太太：色！

王佳芝：易太太说什么呀，我听不懂！（双手抓住易太太的手，力图拉开，易太太的手却沿着身体滑到腰肢）

易太太：这样的身子，连半寸赘肉都没有，倒又摸不着骨头，真是叫男人馋死了！有一句话怎么说？秀色可餐，说得实在太对，连我都恨不能——（张开嘴，作势要在王佳芝脸颊上咬，又止住）

王佳芝：都是些个臭男人想出来的歪词，本是用来作践我们女人的，易太太倒做他们的帮凶！

易太太：（冷笑一声）王佳芝你不要得便宜卖乖，女人家的光阴，怎么说呢？（忽然将王佳芝的身体扳了个面，对着大镜子）

你盯着它，眼睛一眨不眨，可就在眼皮子底下，堂而皇之地溜走了！好得了今天，好不了明天。

王佳芝：好不了就好不了，索性坏了它去，让他们得不着！

易太太：怎么就气恨成这样，要报复小麦啊！

王佳芝：也不是气恨哪一个，横竖就是一个身子，好也是它，坏也是它，豁出去是它，不豁出去也是它！

易太太：（松开手，有点诧异地）王佳芝，你不要吓着我啊！你不顾惜这身子，莫说我舍不得，我家易先生也舍不得。（笑）

王佳芝：你说什么，我不理你了！（真动气了，伸手拿自己的旗袍要穿，被易太太劈手夺过，将试穿的那件半成品替她套上）

易太太：玩笑都开不起啊！你怎么看得上易先生，四五十岁一个矮子，又长了副鼠相，不过相书上说却是主贵，而且，（伏在耳边）有房中术。

王佳芝：（挣着要脱去试样的旗袍）越说越下道，我再不理你了！

易太太：（硬是控住她的身子，扣上纽襻）给你个棒槌你当针！我们易先生实在要配你也是配得上的，做妻是嫌嫩了些，论妾——不是我吹，上年易先生养过一个十六岁的，我只装不知道，过了一阵子，自己就腻了，易先生没有纳妾的心思。

【王佳芝赌气将纽襻又解开,终于犟不过易太太,穿上了,这件五光十色织锦缎的旗袍穿在她身上,顿时换了人似的,鲜艳,华丽,老气,真有些像贵人家的妾。

易太太:(命令地)王佳芝,你在我跟前走几遭,我看看。

王佳芝:(无奈,只得在她跟前来回走)我成衣服架子了!

易太太:衣服架子也不是人人可做得的,是抬举你呢!(看着王佳芝走过去,走过来,感慨地)有一回,易先生替我买一件貂皮,他就这样坐着,让我穿上身,在他跟前来来回回地走,来来回回地走。那貂皮在重庆硬是让潮气霉蛀了,想起来就心疼!

王佳芝:(继续来回走,似乎不只是为易太太,而是沉浸在自己的心事里)

易太太:廖太太也是瘦和高,可就是硬,碰一碰,骨头咔嚓嚓响,就不觉得苗条,倒像是没发育,然后突然就老了——过年就三十,俗话说,人过三十天过午,女人就更是垂暮了,半条命都没有了。所以你看她买东西,发狠似的,一口气买七八段料子:绸的,缎的,<u>丝</u>的,麻的,掺丝的麻,掺麻的<u>丝</u>;单是浴衣,就有织锦的,<u>丝</u>棉的,软缎绣花的,配同款的睡衣,同款的拖鞋;金珐琅的粉镜,带拉链的鸡皮小粉镜……简直是任性！等等——

王佳芝：（一惊，停住脚，看着易太太）

易太太：（起身上前，抚着旗袍后身）这里有点吊，（转身向台侧）张裁缝！

第四场

　　国泰电影院，观众席，易先生和王佳芝并排面向台口，身后的放映机射出一束光，放映机旁是邝裕民，光影在观众席上回旋移动，有电影的对白音乐传来，这两人说话都压抑着声气。

易先生：还生气啊！嘴噘得挂得住油瓶了。

王佳芝：一个女人独自坐在电影院里，一看就是不规矩！

易先生：对不起，对不起，今天真来晚了——已经出来了，又来了两个人，又不能不见。

王佳芝：见一面这么麻烦，我回香港去了，托你买张好的船票总可以吧！

易先生：要回去了！想小麦了？

王佳芝：什么小麦大麦，还要提这个人——气都气死了！（顿一下）

不过，易太太问起这只钻戒，我可说是小麦送的！

易先生：小麦能送这个？粉红钻可是有价无市。

王佳芝：你要我怎么说？都有些起疑，话里话外不时地敲打。

易先生：就让小麦送吧！（拿起王佳芝的戴戒的手指头）反正你知我知，天知地知。

王佳芝：知什么呀，你倒说说看。

易先生：知你是我的人！

【放映机的光束忽然收起，场中一片骚动。

王佳芝：跑片的又没接上，不知要等多久。

易先生：（取出怀表看时间）不晓得哪一个路段上封锁。

【场灯亮起来，两人说话声也略放开一些。

王佳芝：（伸一个懒腰，神情松弛下来，显得有些娇懒）有一回，正坐在电车上，遇到封锁，行也行不得，下也下不得，都无聊得很，竟然有个男人来搭讪。

易先生：说些什么呢？（也松弛下来，饶有兴味地）

王佳芝：不外是抱怨工作没有兴趣，忙得没头没脑，早上乘电车上公事房去，下午又乘电车回来，也不知道为什么去，为什么来，就算为了挣钱吧，也不知道是为谁挣的！紧接着，又说到太太一点不同情他——

易先生：（笑）封锁时候，万事万物都停了摆，就好像时间打了个盹，于是，人也就放纵起来，反正，事后谁也遇不着谁！

王佳芝：（笑）他追着讨要电话号码，不得已只好给了他。

易先生：假的吗？

王佳芝：急忙间，编不出假的，给了个真的。

易先生：哦。

王佳芝：谅他不敢打来，果然没有打来。

【两人都笑。易先生四处看着，神情有些天真。

王佳芝：看什么呢？怕遇见熟人，还是怕被盯梢？

易先生：什么都不怕，人多的地方其实最安全。

王佳芝：这话怎么说？

易先生：压力分散，形不成焦点，这么说吧，有史以来哪个朝代最自由？

王佳芝：（想了想）盛唐，皇帝为一个贵妃可以不早朝，日日缠绵。

易先生：（笑）到底脱不了女学生气！杨玉环一人专宠，三宫六院可是寂寞白头，后来，不是安禄山事变，唐明皇赐一条白绫子，香消玉殒，那可是个危险的罗曼蒂克！

王佳芝：依您的意思，究竟是哪个朝代自由？

易先生：十二诸侯周春秋！

王佳芝：那不是天下大乱嘛？

易先生：就是这个"乱",才可藏龙卧虎！各种力量聚散离合,相互抵消,又自生自灭,自给自足,于是乎,生机盎然,国泰民安。

王佳芝：可是,不还是出来刺客了！

【此言即出,两人皆一心惊,有片刻停顿。

易先生：一旦刺客登场,便大势将去,秦王统一,独霸天下。

王佳芝：就算人多最安全,那么最不安全又是哪里呢？

易先生：人越少越不安全,比如,只剩下你和我。

【场灯骤暗,放映机启动,光影重又转动显现,电影接续上映。有一时电影的对白清晰回响,大约是《魂断蓝桥》,或者《蝴蝶梦》,总之是好莱坞伤感剧一类的。

王佳芝：（渐渐入神,泫然涕下）

易先生：掉眼泪了吗？真是个女学生。

王佳芝：（收了泪,嗔道）郎心似铁！

易先生：（此时两人说话又都压了声气）美国人动不动就说"爱",其实并不懂得爱。

王佳芝：你懂！

易先生：你知道唐明皇专宠杨玉环是因什么？

王佳芝：因什么？

易先生：杨玉环热闹。

王佳芝：热闹？

易先生：帝王家的富贵，天宝年间的灯节，火树银花，唐明皇与妃嫔坐在楼上像神仙，百姓人山人海在楼下参拜；皇亲国戚攒珠嵌宝的车子，路人向里窥探一下，身上沾的香气经月不散；生活在那样迷离恍惚的戏台上的辉煌里，越是需要一个着实的亲人。

王佳芝：亲人？

易先生：你看杨妃梅妃争宠的经过，杨妃几次和皇帝吵翻了，被逐回娘家去，简直是"本埠新闻"里的八卦，与历代宫闱的阴谋，诡秘森惨的，大不相同，所以，唐明皇喜欢杨贵妃，因为她于他是一个妻，而不是臣妾。

王佳芝：（若有所思，慢慢地）就好比易太太对于易先生——

易先生：吃醋啊？

王佳芝：我吃哪门子醋呢？

易先生：一个不吃醋的女人，多少有点病态。

王佳芝：我连吃醋都轮不上的！

易先生：这还像句话，话音里仿佛有三分醋意。

王佳芝：我吃醋不吃醋，你又何尝放在心上。

易先生：看起来，你对我有一些真心！

王佳芝：什么是真？什么是假？封锁时候，我给那电车男倒是真号码，可不也是一无结果？

易先生：封锁时候，就是万事万物打一个盹，真的也成了假的。

王佳芝：说起来，我就是那个盹？

易先生：你是那个又甜又美的白日梦！

【电影放起主题曲，这一刻，无论多么老辣的心，都有一股伤感的情绪起来。

王佳芝：好美！

易先生：你是说她美？

王佳芝：当然！

易先生：美国女人艳丽是艳丽，却没有回味。

王佳芝：不是很性感吗？

易先生：美国人懂什么性感，一根筋的，只是一味地穿少。即便全裸出来又如何，倒像是马一类的大牲口。

王佳芝：说话不要忒毒了，积点口德。

易先生：这事情还是要以男人的眼睛为算，你们女人家忙着在腰啊、臀啊、胸脯下功夫，其实全不得要领。

王佳芝：要领在哪里？

易先生：日本女人的和服，通身上下严严实实，单在后颈敞开，要知道，就这地方——最色！（将手伸到王佳芝颈后，带几分粗暴地拉下后领，用手按住后颈，然后慢慢用力向下推，王佳芝的脸便伏下去，一直伏到脚前）

【灯灭，随即大亮，电影结束。幕落。

第二幕

第一场

时间,某日上午。

国泰电影院放映间,放映机搁置一边,观众席上暗着,放映间亮一小盏灯,照着底下一张小桌,桌上放了酒瓶、酒杯,邝裕民和王佳芝坐在灯下,有一种私密的温馨的气氛。

邝裕民:(给王佳芝杯里斟酒,斟了小半杯,王佳芝不收回酒杯,意思再多一点)喝不少了!

王佳芝:不够。

邝裕民:怎么才是个够?

王佳芝:睡足六小时算够!

邝裕民:不能靠酒,喝成个酒糊涂,反倒误事。

王佳芝:巴不得能糊涂了!无论喝多少,浑身的筋都绷着,一刻也缓不下来,风声鹤唳,一夕数惊。

邝裕民:(略思忖,然后从一个小抽屉里取出一个药瓶)给你,安眠药,(又收回手)能不吃就不吃,万一上午有什么事发生，需要脑子清醒的。

王佳芝：（劈手夺过药瓶）我很清醒，我就没那么清醒的了！我敢说，邝裕民，你都没有我的一半清醒！

邝裕民：（不由得恼怒）你喝多了！

王佳芝：一个女人在两个男人中间厮混，能不清醒吗？

邝裕民：哪里有两个男人！

王佳芝：易先生是一个，你，是又一个。

邝裕民：（回避地）易先生是敌人，我——

王佳芝：你是朋友？男朋友。

邝裕民：是同志。

王佳芝：哦，男同志。

邝裕民：（恼怒地，握住王佳芝的一只手腕）没有男人和女人，只有敌人和同志！记住了吗？

王佳芝：（顺从且讥诮地）记住了。

邝裕民：（将王佳芝的手一摔，垂落的过程中，指上的钻戒闪烁一下，又将手抓起来）他给你的钻戒？

王佳芝：是的。

邝裕民：（冷笑）看起来不是小价钱，四克拉？五克拉？甚或六克拉？

王佳芝：是的。(带着挑衅的表情)其实钻石的贵重并不在于克拉，而是在于切割！切割的剖面越多，亮度就越饱和，将光全部收揽进来，再全部放射出去，毫不浪费！像不像女人的心？

邝裕民：(转移话题)姓易的动真格的了！

王佳芝：这不就是你要的效果吗？

邝裕民：是老吴的命令。

王佳芝：不认识老吴。我只认识你！

邝裕民：老吴是我们的头。

王佳芝：老吴是你的头，你是我的头！

邝裕民：大家都是一条心，杀汉奸，消灭日本鬼子！

王佳芝：好，一条心，就你和我，不要老吴。

邝裕民：老吴是上级。

王佳芝：(任性地)不要老吴！

邝裕民：(泄气地)随便你，勿论老吴不老吴，总之要完成任务！

王佳芝：(有些怜惜地，柔和下来)姓易的这样老奸巨猾，不会以为麦太太会看上一个四五十岁的矮子，倘若不是为钱，反倒可疑，首饰又向来是女人们的一个弱点，麦太太不是出来跑单帮的吗？麦先生且还辜负她，勿论外快还是情义，理当照单全收。

邝裕民：道理不错，但也不可太失了分寸。

王佳芝：什么分寸？

邝裕民：姓易的是汪精卫的人。投降日本人，组阁伪政府，多少爱国人士死在他们手中！

王佳芝：这么一个狼窝，你倒把我这只羊扔进去了。

邝裕民：你——（语塞，顿一顿，柔和下来）我们是立过誓的！忘了吗？将军岙的船家，船头挂一盏红灯笼——

王佳芝：香港的夜，湿漉漉的，灯啊，影啊，星啊，月啊，全洇开了，好像墨在纸上，溶溶的一团一团，相互渗透，连成一张雾——

邝裕民：你和我，以茶代酒，喝了交杯，立下誓言，一寸山河一寸血，十万青年十万兵！

王佳芝：（唱）去吧，兄弟呀，

　　　　去吧，兄弟呀！

　　　　我望你鲜红的血液，迸发成自由之花……

邝裕民：（和上）开遍中华，开遍中华。

王佳芝：那时候，多么年轻啊！

邝裕民：现在依然是年轻的。

129

王佳芝：倒像是一个世代过去了，你我都不是原先那个你我了。

邝裕民：山河破碎，家国危亡，大时代里的你和我又算个什么！

王佳芝：大时代里的人是渺小，可也有着一颗心。

邝裕民：我们要争气啊，要做出个样子给老吴看看！老吴原本就不肯带我们做事，他不信任我们，嫌我们太嫩，会出乱子带累人，若不是我们有姓易的线索，至今也不会理我！

王佳芝：老吴是什么人？哪条道上的？

邝裕民：管他黑道白道，抗日就是天下正道！（忽想起什么，笑了）其实老吴他们也不像是正规军，差不多枪口贴在人身上开枪的，哪像电影里隔得老远瞄准——（摆出个开枪的姿势，显然是从美国电影里西部牛仔上模仿下来的）

王佳芝：大约这才是老手，不摆花架子，无声无息就让人见阎王！

邝裕民：你可以安心了，定不会流弹满天飞，误伤不相干的人。

王佳芝：死，我是不怕的。

邝裕民：嘘——别说这个字！

王佳芝：哪个字？

邝裕民：死！

王佳芝：你怕我死？

邝裕民：我们，都要好好地活着，活到胜利的一天。

王佳芝：那一天在哪里呢?

邝裕民：不会太远了。

王佳芝：谁说的?

邝裕民：老吴说欧战的局势一天比一天有利，美国人参战了，德意日可四面楚歌。

王佳芝：(悻然地)又是老吴!

邝裕民：(坐回到桌子边，摊开一张图纸)西伯利亚皮货店对面是凯司令咖啡馆，老板是——

王佳芝：说是天津起士林的一号西崽出来开的——

邝裕民：左手是绿夫人时装店——

王佳芝：紧隔壁一家小店，门面很窄，很不起眼，招牌上只写"珠宝商"三个字，印度人开的——

邝裕民：(锐利地看她一眼)钻戒就在那里买的?

王佳芝：(挑衅地)老板叫"巴达"，当门镜子上，有金字题款："鹏程万里，巴达先生开业志喜"，画着五彩花鸟，印度人真是口味重。

邝裕民：够了。

王佳芝：店堂极小，只一具玻璃柜台，陈列着一些"诞辰石"——黄的是黄石英，红蓝都是宝石粉，不值钱，求好运的，真正的钻石且都藏在老板的保险箱里——

邝裕民：够了！

王佳芝：看来，你还是有些在意我的。

邝裕民：说正经事。

王佳芝：好。

邝裕民：到时候，会有一辆汽车停在皮货店门口，一辆货车。

王佳芝：你们有汽车了？

邝裕民：老吴的路子，他对我们这次行动非常器重。货车跟前有人在装卸货物——你也认识的。

王佳芝：谁？

邝裕民：老梁。

王佳芝：哦。

邝裕民：我在横马路对面的平安戏院，廊柱下的阴影有掩蔽，戏院门口等人也名正言顺——

王佳芝：可是门前的场地太空旷，距离也远，有什么动静未必察觉得到。

邝裕民：平安戏院和货车之间，过路人中就有我们的人，随时传递消息。

王佳芝：等消息传到你，只怕时候已晚。

邝裕民：不会的，（温柔地）我的眼睛时时刻刻看着你。

王佳芝：真的吗？（又喝了一杯）我要走了，答应易太太打麻将。

邝裕民：他会在吗？

王佳芝：说不准，有时候说在，却没有；有时候说不在，倒从天而降。

邝裕民：你和他，通常在哪里？

王佳芝：说不定的，几次公寓都不是同一所，但都是英美人的房子，主人进了集中营，闲置了下来。他太太看得很紧，几个办公处大概都安排了耳目，又有些专会打小报告讨好他太太的人……

邝裕民：（猝然握住她的手，打断道）出发去西伯利亚皮货店之前打电话，铃声响四次就挂断，然后再打。

王佳芝：不要让老梁接电话。

邝裕民：我接。

王佳芝：好的。

邝裕民：暗号是——"二哥，这两天家里都好？"倘若一切准备就绪，我会说："好，都好，你呢？"

王佳芝：（从他手里脱出手来，打开手袋，掏出香水，对了嘴里喷一下）我要走了。

邝裕民：等等！（双手捧住她的脸）张嘴！（王佳芝张开嘴，邝裕民往她嘴里嗅一下，再嗅一下，停住，很显然，正经历着一种挣扎，终于，将她的脸一推）快走！

第二场

与前场同日的下午。

书场，易先生一人独坐，面对观众席，背后的帘幕揭起半幅，露出一道珠帘，珠帘后影影绰绰几张空桌。稍过一时，王佳芝匆匆上场。

王佳芝：对不起，易先生，真是对不起！

易先生：没关系，一报还一报。

王佳芝：实在走不开，都说三缺一伤阴骘！

易先生：今日输多赢多？

王佳芝：常言说，不会打的人手气好，所以特别上牌，总是胡，而且胡的是辣子，易太太就更不肯放人了，非要等到手风转，还要罚我请客，还是廖太太解围，说，哪有行客请坐客的，麦太太到上海来是行客！又打电话找到搭子，才容我脱身。

易先生：常言说，情场失意，赌场得意，看来，你心下是有些委屈啊！

王佳芝：（暗吃一惊，随即控制住）自然是有委屈，一桌子的太太们都虎视眈眈的，恨不能吃我一口，易太太是占了理的，那廖太太呢，心怀叵测，却还做出正直的样子！

易先生：廖太太怎么心怀叵测了？

王佳芝：你心里很清楚！

易先生：我可是一点不清楚！

王佳芝：什么能逃过易先生的眼睛？装糊涂罢了！

【说话间，珠帘后上来一个女人，捡一张空桌悄然坐下，原来是易太太。

易先生：我还是不怎么清楚。

王佳芝：方才你给我眼色，我借口约了谈生意要走，桌上一迭声地嚷：易先生帮帮忙，易先生帮帮忙！

易先生：那是舍不得麻将，不是舍不得我！

王佳芝：接下去还有呢，你说"我是有点事"，廖太太怎么样？酸酸地说一句"我就知道易先生不会有工夫"。

易先生：她仿佛知道些什么，自从你来，她有好几日没过来了！

王佳芝：方才还说不清楚，其实很得意啊！

易先生：你得意，干戈不动，便杀得个人仰马翻。

王佳芝：我要她们人仰马翻又何苦，都是照顾我小本买卖的，在这乱世，几可称上衣食父母！

易先生：论岁数，她们也可做得你的母亲，只是没一个人愿意认作干女儿，生怕年纪长上去。这就是上海这地方的风气，放在内地，都是要占辈分的便宜，越老越合算。

王佳芝：要是像内地，都要摆老资格，我这生意不就更难了。年轻是女人的本钱，本钱用完了，就要投钱进去了。

易先生：就你这些玻璃丝袜、香粉胭脂、万金油，再几块手表，赚得回盘缠吗？

王佳芝：（内心警觉起来）东西是小，但是我家先生生意关门前，一个债主用作抵货款的，等于无本买卖，卖一块赚一块，卖十块赚十块，积起来也有些量。至于手表，其实是水货——

易先生：走私？可是要吃官司的！

王佳芝：（猛收口）这会儿我告诉易先生，易先生是知情人，就算作同犯了！

易先生：（哈哈大笑）你要拖我下水？

王佳芝：（娇蛮地）我就拖你下水！

易先生：坏东西！

王佳芝：要是不坏，你根本不会看我一眼。

易先生：一般的男人，喜欢把好女人教坏了，又喜欢感化坏的女人，使她变成好女人。

王佳芝：那么易先生是要教坏我呢，还是要感化我？

易先生：我可不像那么没事找事做，我以为女人还是老实些的好。

王佳芝：其实你是要我在旁人面前做一个好女人，在你面前做一个坏女人！

【珠帘后的易太太陡地站起身，靠近珠帘，就在这一霎，易先生犹如惊弓之鸟回转身去，几乎同时，厚重的帘幕垂落下来，易先生站起身，陡然揭开帘幕，珠帘后面已空无一人。

易先生：你从我家出来，直接到这里的？

王佳芝：不是。哪一回不是按你说的，由你司机送到咖啡馆，再乘三轮车去说好的地方。

易先生：方才的动静仿佛有些耳熟。

王佳芝：风声鹤唳，草木皆兵。

易先生：曾仲鸣已经在河内被暗杀了，跟汪精卫的人都是在暗杀团的枪口下求生存。重庆，延安，中统，军统，还有日本人，你中有我，我中有他，防不胜防！

王佳芝：（故作轻松地）说得挺吓人的。

易先生：（伸手把住王佳芝的后颈，转向自己）不晓得哪一天，枪口一调，就对准了脑袋！

王佳芝：你别吓着我了！

易先生：知人知面不知心啊！

王佳芝：易先生怕什么呢？保镖不离身，又是狡兔三窟，神龙见首不见尾，谁的枪口对得准？

易先生：百密犹有一疏。

王佳芝：一疏在于何处？

易先生：一个"色"字！

王佳芝：（挣脱他的手，将手上的钻戒捋下，放到桌上）这话是对我说的吗？难道我是以色相诱他人，也忒小瞧了！

易先生：（有些尴尬）世道不好，谁不防谁啊！

王佳芝：要这么说，易先生当是天下第一防，背后有汪政府，手里又有枪，上海滩上想叫谁死谁就活不得，我真不该进你家门的，易太太那边是赌钱，易先生这边却是赌命！

易先生：好啦，别闹了！

王佳芝：谁闹了？分明是易先生搅局！

易先生：（上前搂住她）还记得吗？两年前，在香港时，从浅水湾饭店过去一截子路，空中飞跨着一座桥梁，桥那边是山，桥这边是一堵灰砖砌成的墙，拦住了这边的山，那堵墙极高极高，望不见边，墙面是冷而粗糙，死的颜色。

王佳芝：（赌气地）那又怎么？

易先生：这堵墙，不知为什么使人想起地老天荒那一类的话——有一天，世界整个地毁掉了，什么都完了——烧完了，炸完了，坍完了，也许还剩下这堵墙，如果我们那时候在这墙根下遇见了……也许你会对我有一点真心，我会对你有一点真心！

王佳芝：难道现在你我都是虚情假意？

易先生：（松开手，轻叹一口气）你懂我是什么意思。

王佳芝：我不懂。

易先生：学中文的，自然读过《诗经》——

王佳芝：我不懂这些！

易先生：我讲给你听，"死生契阔——与子相悦，执子之手，与子偕老"，我不是学文出身，但我看那是最悲哀的一首诗，生与死与离别，都是大事，不由我们支配的。比起外界的力量，我们人是多么小，多么小！可是我们偏要说："我永远和你在一起，我们一生一世都别离开"——好像我们自己做得了主似的!

王佳芝:(略有一动,嘴上还硬)谁说我们自己做得了主!

易先生:(摸一下她的头,像对孩子一样宽大的,笑一笑)走吧,去买皮草,答应过你的。

王佳芝:我不要了!

易先生:入冬了,人人都有皮的,独是你,一件薄呢大衣,挂在衣架上,看着都寒碜!

王佳芝:算了,再忍耐一时,就回香港,也穿不着还要租冷库存放,麻烦死人了!

易先生:又说回香港,还是放不下小麦?

王佳芝:小麦是谁,我不认得这个人!

【两人安静下来,琵琶声声,唱的还是《霸王别姬》。

易先生:大势已去,刘邦尽得楚地,山河易主,何况虞姬一个妃子,死了去吧!

王佳芝:(轻声地)我比较喜欢那样的收梢!

第三场

紧接前场,西伯利亚皮货店试衣间。与绿夫人时装店的试衣间大致相仿，镜子对着观众，但是三折镜，装饰物全有毛皮点缀，好像北国风光，有一具皮毛沙发，易先生坐在上面，看王佳芝试衣。王佳芝穿了一件银鼠皮大衣，在他面前走过来，走过去。以下的对话全是在这一动一静中进行。

易先生：女人真是一种奇怪的动物。

王佳芝：如何奇怪？

易先生：女人就好像是在文明之外的——

王佳芝：野蛮人？

易先生：清朝开国，男降女不降，男服全改满装，女子则续明朝风气，绵绵数百年。

王佳芝：那是男人自大，向不把女人放入眼中，不当回事，然而应运而生，女人反倒保得住气节，比如李香君——

易先生：这男人驯服得了飞禽走兽，独独不能彻底驯服女人，几千年来，女人始终处于教化之外，不知她们是在哪里培养元气，徐图大举？

王佳芝：在哪里培养元气？让我来告诉易先生。

易先生：洗耳恭听。

王佳芝：镜子前，衣服里。

易先生：（颇生兴趣）何以见得？

王佳芝：男人的世界里是江山社稷，女人虽占不了立锥之地，却另有乾坤，其实也是一片锦绣。

易先生：比如说——

王佳芝：就说这皮草，初冬穿"小毛"，有青种羊、紫羔、珠羔；然后穿"中毛"，银鼠、灰鼠、灰脊、狐腿、甘肩、倭刀；隆冬穿"大毛"，白狐、青狐、西狐、玄狐、紫貂——姑娘们的"昭君套"为阴森的冬月添上点颜色，历代"昭君出塞图"都是因纽特式，简单大方，好莱坞明星也跟着学，我却喜欢十九世纪的"昭君套"，癫狂冶艳——一顶瓜皮帽，帽檐上一圈皮，帽顶缀着极大的红绒球，脑后垂着两根粉红缎带，缎带梢上系一对金印，走动相互敲击，丁零作响。

易先生：再比如——

王佳芝：真是举不胜举，单只说滚边，就有"三镶三滚"、"五镶五滚"、"七镶七滚"——然后渐渐简要，最后剩下一条极窄的，就这极窄的一条里，也是龙飞凤舞——扁的是"韭菜边"、圆的是"灯草边"、细的是"线香滚"、挖空镂花的"阑杆"、挂流苏的"排穗"、梅菊花、金银镶……

易先生：这么说来，女人又成了最现实的动物，杨玉环将冰凌子采下两支，对唐明皇说：送给皇上一双玉筷子！可不是吗？天地间万事万物，必可当成日常器物才能领悟妙处，也就是这一点可爱，空茫中有了一点看得见和摸得着，不至于坠落虚无。

王佳芝：易先生的意思是说，女人不具有精神性的内涵！

易先生：这是文学和哲学的命题，不敢妄下判断。

王佳芝：（认真地）易先生说得全对，又全不对，女人真就是个物质动物，同时又是个蛮荒世界，她的物质性是与现代文明无关的，像泥一样——

易先生：我记得《红楼梦》中，贾宝玉的意思是，男人用泥做的，女子却是水做成——

王佳芝：《红楼梦》里的女子全是镜中月，水中花，来无影，去无踪，转眄间流逝散尽。我崇尚的是奥涅尔的戏剧《大神勃朗》中的地母娘娘！

易先生：王小姐不愧是中文系出身。

王佳芝：奥涅尔的地母是一个妓女，一个强壮、安静、肉感、黄头发的女人，二十岁左右，皮肤鲜洁健康，乳房丰满，胯骨宽大。她动作迟慢，踏实，懒洋洋地像一头兽。她的大眼睛像做梦一般反映出深沉的天性的骚动。她嚼着口香糖，像一头神圣的牛，忘却了时间，有它自身的永生的目的。她说话的口吻粗鄙而热诚，她对男人们说：我替你们难过，你们每一个人，每一个狗娘养的——我简直想光着身子跑到街上去，爱你们这一大堆人，爱死你们，仿佛我给你们带了一种新的麻醉剂来，使你们永远忘记了所有的一切——但是，他们看不见我，就像他们看不见彼此一样。而且没有我的帮助他们也继续地往前走，继续地死去——

（忽然迟疑起来，仿佛在镜子中看见了什么映像）

易先生：（即刻有所察觉，站起身，抓住王佳芝，逼问道）你看见什么了？

王佳芝：（极力控制着）人死了，葬在地里，地母安慰垂死者：你睡着了之后，我来替你盖被。

易先生：什么？

王佳芝：为人在世，总得戴个假面具，她替垂死者除下面具来，说：你不能戴着它上床，要睡觉，非得独自去！

易先生：（粗暴地挟住她的脸，看着她的眼睛）怎么了？

王佳芝：（压低哩声）嘘，嘘，睡觉吧。等你醒的时候，太阳又要出来了。

易先生：（拼命摇着她的脸）出来什么？

王佳芝：出来审判活人与死人，勃朗恐惧地说：我不要公平的审判，我要爱。

易先生：（狠狠将她一摔）贱货！

王佳芝：人死了，地母向自己说：生孩子有什么用？有什么用，生出死亡来！

【易先生撩开垂帘，帘后是一扇窗，一跃而出，帘幕垂下。几乎前后脚，邝裕民赶到，奔到帘幕前，一把拽下，人已没影。转过身，对着王佳芝，一时不知说什么好。

王佳芝：（看着邝裕民，良久，忽然唱道）

去吧，兄弟呀！

去吧，兄弟呀！

我望你鲜红的血液，

迸发成自由之花——

邝裕民：叛徒！（开枪，王佳芝倒地）

【邝裕民退场，片刻，易太太上来，看见地上的王佳芝，又吃惊又像意料之中。

易太太：紧赶慢赶，还是来得晚了！

第四场

紧接上场,易家客厅,墙上垂着土黄色厚呢幔,上面印有特大的砖红图案,麻将桌边,易先生和易太太相对而坐,一对一打牌。两人都穿着上一场的衣服,看得出刚回来不久。默默地打一阵,易太太吃进易先生一张牌。

易太太: 胡了。

易先生:(低头从面前筹子里捡起两个交给易太太,中途停了手,收回来端详着,那筹子是用龙虎万金油替代,揭开盖子,往太阳穴上擦了擦)

易太太: 辣不辣?

易先生: 辣!

易太太: 不辣怎么胡得出辣子?(劈手夺过来)是王佳芝卖给我的,做这样鸡毛蒜皮的买卖,能赚几个?

易先生: 战乱时节,有什么就卖什么嘛!

易太太: 看这王佳芝,拆烂污,还说请客,人在哪里呢?

易先生: 或许回香港去了吧,这一阵子出来不短的日子。

易太太: 说是麦先生辜负了她,所以赌气不回去,中间麦先生还来过一回，送她一枚钻戒，粉红钻，至少有六克拉吧！

易先生：年轻夫妻，床头吵床尾和。

易太太：这出手却忒阔绰了，不大像他。你看，麦太太穿的戴的，至多不过中等，耳坠子是红宝石缀一片碎钻叶子，或者是碎钻镶蓝宝石纽扣耳环，配一只同款的领针，换得很勤，倒显出CHEAP，都是宝石粉合成——突然出来一个粉红钻！我是不去追究，怕她尴尬。

易先生：或许小麦风头转了也说不定，乱世里，一夜之间便可乾坤倒转。

易太太：（突然地）是你买给她的吧！

易先生：（哈哈一笑）我倒想送她钻戒，可只怕小麦饶不过我。

易太太：小麦，小麦，也不晓得藏在哪里，长什么样子，何方人氏，究竟有没有这个小麦呢！

易先生：那就要问你自己了，这麦先生和麦太太，是如何与你认识的？

易太太：两年前，跟着汪精卫从重庆出来，到了香港，自然要买些东西。大后方和沦陷区都缺货，多少日子没进过商店了。在那香港，大公司都要讨价还价的，不会讲广东话明摆要吃亏，所以，陈公博的副官介绍来个小同乡，姓邝的，由姓邝的带来了麦太太，陪着买东西，就这么交道起来。

易先生：那姓邝的是什么人呢？

易太太：姓邝的虽然不认识，陈公博的副官却是靠得住的。

易先生：谁又能百分之百打保票，曾仲鸣怎么被杀的？

易太太：（冷笑）你怪我，只怕你同王佳芝比我热络多少倍！

易先生：男人的事你不懂！

易太太：有什么不懂的？不就是一个"色"字。

易先生：你只懂一个"色"字，却不知还有一个字——

易太太：什么字？

易先生："戒"！当戒则戒，容不得半点拖泥带水！

【两人低头打牌，打一阵子，再互换筹子，即万金油。

易先生：明天叫人把帘子拆了。

易太太：为什么？不容易搞到的，舶来品窗帘料子本来缺货，又难得的是这样特大的凤尾草图案，还要对上花，白搁不用，可惜不可惜！

易先生：这么厚的帘子，把整个墙都盖住了，可以躲多少刺客？

易太太：又不独独我们家有，周佛海家里也有，人家不怕，就你怕！

易先生：拆了！

易太太：（让步地）拆就拆，发什么火！（忽然抬起头）王佳芝会不会是特务？

易先生：（哈哈一笑）这话怎么说？

易太太：（将牌推倒）这么说，这美人局两年前就发动了，本来当时就可下手的，可我们不是走得急吗？临上船才打了个电话，所以没来得及，两年后又跟了过来。

易先生：倘若如此，我倒是可以把她留在身边，不是有句话：特务不分家！中年以后还有这番遇合，得一个红粉知己，也是乱世里的慰藉！

易太太：那就留她下来啊！

易先生：怕只怕——

易太太：怕什么？

易先生：怕只怕小麦那边——

易太太：是小麦自己放她过来的——小麦是谁呢？

易先生：小麦，不可小视，俗话说：舍不得孩子套不得狼，小麦能舍得！

易太太：（惶恐地，跳将起来）明天就让人拆帘子！

【电话铃响，易先生一下子接起来。

易先生：是你的——（将话筒交给易太太）

易太太：下午突然有事，是霞飞路那家，说是死了人，结果报信人报错了，不是家里人，是个娘姨，得绞肠痧死的，所以撂下牌就走了，对不起，让易先生请客赔罪，来嘛！还是三缺一，王佳芝——（说到这名字，与易先生对视一眼）把马太太叫上，好！（放下电话）一桌麻将凑齐。

易先生：方才那些话都是玩笑话，等会儿人来了，不可再提，可传到周佛海那里去，以为易公馆的座上宾来路不明，跳到黄河也洗不清了！

易太太：王佳芝——

易先生：麦太太家里有急事，赶回香港去了。

易太太：什么急事？

易先生：她家娘姨死了，得绞肠痧！

【电话铃响，易太太接起，听了，然后交给易先生。

易先生：招了？都是大学生？有没有个姓邝的？今晚立即执行，越速越好，别漏给记者。（挂了电话，对易太太）这一回是真的，小麦死了！（松一口气，将外衣脱去）廖太太马太太什么时候到？

易太太：（惊魂未定地）快了。

易先生：方才不是说让我请客？

易太太：（木然地）是的。

易先生：一句话，来喜饭店！

易太太：（渐渐回过神来）来喜饭店就是吃个拼盘。

易先生：德国菜就是这样，就是个冷盘，还是湖南菜，换换口味。

易太太：要么再去"蜀腴"？

易先生：我说"九如"，好不好？

易太太：吃来吃去四川菜湖南菜，都辣死人了！

易先生：不吃辣怎么胡得出辣子！

【门铃响，二人皆惊，即又镇定下来，落幕。

2011 年 12 月 27 日于上海

所涉及张爱玲作品：

《倾城之恋》

《封锁》

《更衣记》

《谈女人》

《我看苏青》

（香港焦媛剧团专有演出）